清水ミチコ

san nin
zan mai

三人三昧

無礼講で
気ままなおしゃべり

中央公論新社

三人三昧　無礼講で気ままなおしゃべり　目次

カバー・本扉 撮影　大河内 禎
装幀　中央公論新社デザイン室

三人三昧

無礼講で気ままなおしゃべり

伊集院 光

大好きなことで、食べている

朝井リョウ

『婦人公論』2018年10月23日号より

いじゅういん ひかる
1967年東京都生まれ。三遊亭一門（現・六代目圓楽）に入門し落語家となった後、タレントとしても活躍。TBSラジオで『伊集院光とらじおと』『伊集院光 深夜の馬鹿力』のパーソナリティを務める。

あさい りょう
1989年岐阜県生まれ。2009年『桐島、部活やめるってよ』で作家デビュー。『何者』で直木賞を受賞。ラジオ番組『高橋みなみと朝井リョウ ヨブンのこと』（ニッポン放送）では21年３月までパーソナリティを務めていた。

ラジオで番組を持つ朝井リョウさんにとって、清水さん、伊集院光さんは憧れの大先輩でもあります。共通項はひとつ、ただおしゃべりが好きなこと——。

「ラジオに殺される」と悩んだ頃

清水 昼も夜もラジオの帯番組を持ってる人って、日本では伊集院さんしかいないんじゃない？

伊集院 うーん。確かに、帯番組ではそうかもしれない。

清水 よく喋ることが尽きないよね。自分でもそう思わない？

伊集院 逆に今困ってるのは、じっくり喋れる夜と違って、昼の番組は尺が短いこと。もっと喋りたいことがあるのに。

清水 足りないんだ（笑）。大好きなことを仕事にできても、毎日となると義務になるじゃない。もう疲れた、ということはないの？

伊集院 ありました。しっかりノイローゼになって、「僕はラジオに殺される」と思った頃が。

清水・朝井 えーっ！

伊集院 清水さんに、初めて会ったぐらいの頃かな。

清水 じゃあ、30年くらい前だ。

朝井 どうして「殺される」って思ったんですか？

伊集院 あの、朝井さんって、ペンネームですか？

朝井　はい、ペンネームです。

伊集院　ペンネームを使っている方なら、わかってもらえるかな。僕、当時の本名は田中建だったんですけど（婿入りして、現在は篠岡姓）、伊集院光としてやるべき行動と、田中建としてやるべきことのギャップがどんどん広がって、蝕まれていったの。

朝井　誠実なエピソード。伊集院さんは、物事をしっかりと真面目に捉えて考える方なんですね。

清水　考えすぎとも言える。（笑）

伊集院　ラジオって特殊で、どんなに人気があっても顔は売れてないから、道を歩いていて誰も気づかないの。なんだかいろいろ混乱しちゃって……。

清水　なるほどね。

伊集院　一番ひどかった時は、ラジオの赤いタリー（ランプ）が点いていないと一言も喋れない感じになっちゃった。当時つきあい出したカミさんが、テープレコーダーのボタンを押して見せると、普通に喋れるの。これ、プライベートで、ですよ。

朝井　その状態から抜け出した時は、どんな感じだったんですか？

伊集院　それが、いわゆる「うつ抜け」って言うのかな、これが猛烈に気持ちよかったの。見るもの見るもの、楽しくて。信号を見て、「なるほど、止まれを赤にしたやつはすごいなあ！」とか。感動の嵐。あまりに気持ちよくて、このあと「あれを経験できるなら、いっそもう一回病みたい！」ってなっちゃって、でもそうなると今度は心に余裕ができちゃって、もうノイローゼにはならない、っていう。（笑）

朝井　絶対に経験者じゃないと出てこないエピソードですね。想像では生み出せない。

清水　奥さんは大変だったんじゃない？　よく耐えたね。

伊集院　カミさんは、そういうのを爆笑できる人なのよ。病んでる彼氏が描いた絵に、落書き足して笑える人。（笑）

清水　でも、意外。ずっと自信満々で突っ走ってきてると思ってた。

伊集院　ぜんぜん。20歳で『オールナイトニッポン』やってる自分を、今なら褒めてやりますよ。でも当時は、年齢は上でも、キャリアは変わんない爆笑問題が「ツービートの再来」とか言われて、売れていってるわけでしょ。僕は落語家になった16から数えたら３、４年もかかって、いびつに売れかかってる状態だから。

清水　まわりの売れ方を見て焦る気持ちはすごいわかる。喜ぶのも変、落ち込むのも変、みたいなね。朝井さんの仕事でも、共感できたりする？

朝井　私も、まだ有名になってはいけない実力なのに、「若さ」に注目が集まって、先に名前が世に出てしまった。名前に早く追いつかなければ、というのが続いている感じです。

清水　なんとご謙遜な……。

伊集院　だから、その先に待っているのが、「赤信号、すげえ！」なのよ。ようこそノイローゼワールドへ！（笑）

朝井　陽気に迎えられてしまった（笑）！　怖いですが、何だかちょっとだけ楽しみかも……。

伊集院　朝井さん、今の自分の仕事を否定されたら腹立つでしょ。でも、目標としているところに届いていない自分を、まだ認めていない自分もいるでしょう？

朝井　はい。そういう思考は何度も繰り返していて、頭も心も忙しいです。たとえば賞をいただいた時も、一瞬だけ喜んで、でも人づてに「あの選考委員が推してた」と聞くと、「運がよかっただけだ」とすぐ自己否定したり。オードリーの若林（正恭）さんとお会いすると、そういう話を7時間くらいします。

清水 若林くんと仲いいんだ（笑）。大丈夫？　マイナス思考の相乗効果にならないかな。

伊集院 余談だけど、相方の春日（俊彰）くんはまったく違う性格だよね。「伊集院さんのラジオ、すっごい聴いてました」ってよく言ってくれるんだけど、僕は彼の心に響くようなラジオをやってきた覚えは、一度もない。（笑）

清水 あははは。

伊集院 僕ね、腹話術師のいっこく堂さんが大好きで、公演を見たりゲストにお呼びしたりするんだけど、いつも「この人、大丈夫なのかな？」と思っちゃう。

清水 どうして？

伊集院 いっこく堂さんと人形との関係が危うくなってくるから。たとえば番組の間、あのジジイ（人形）がコーヒーをじっと見てるわけ。で、CMに入ったとたんに、やおらカップを取るっていうのをやるの。テレビじゃないんだから、そんなことする必要ないのに、サービスで。でもその自然な感じときたら……。だからいっこく堂さんも、崖の一歩手前で仕事してる気がするのよ。

朝井 本人と人形との境界線が見えなくなってくる……。

伊集院 モノマネも「紙一重」じゃないですか、清水さん。「ユーミン（松任谷由実）だったら、こんな時なんて言うんだろう？」っていうのはモノマネ芸の基本だけど、よくよく考える

清水　と、異様なことでしょ。一瞬、他人の心になっちゃうんだから。ちょっと！　怖いこと言わないでよ。でもそう言われると、高校時代の私は混ざってたような気がする。モノマネ相手との境界線が危うくなるような感じ。受賞した時の桜田淳子になりきって泣いたりしてね。

伊集院　たぶん僕と違って、清水さんはデビュー前からまわりにウケてたから、悩まずにいけたのかも。

「みたいなもの」という誤認を引きずって

清水　そういえば伊集院さんって、ＳＮＳはやってるの？

伊集院　ツイッターはやってますが、最近ラジオとの連携が難しい気がして、頻繁に見るのはやめています。

朝井　連携の難しさというのはどういうものですか？

伊集院　ラジオとどうすれば両立できるんだろう、ＳＮＳでコンタクトできる人間のラジオをわざわざ聴く意味ってなんだ？　って。ツイッターで仲間と盛り上がっているネタと、「伊集院は面白がってくれるだろうか」って出してくれる渾身の投稿を、同等だと思えなくて。

清水　なるほどね。私も世代的にそっちに近いのかな。

伊集院　僕に対する意見は、メールじゃなくてハガキにしてくださいってお願いしてるの。わざわざお金を出してハガキを買い、ペンで意見を書き、ポストに投函するまで収まらない怒りだったら、どんな罵詈雑言でも正面から受け止めますって。だから、全部見ますって。

朝井 ハガキの存在自体や文字の形が怒りの強度を表しますよね。

伊集院 そう。初めはゆっくり書いてて、だんだん筆圧が高くなり、最終的に一枚に収まりきらなくなって、やたら字が細かくなったり。

清水 心の動きが字に伝わるんだね。

伊集院 そういう味が、メールにはない……っていうのは、もしかしたら古い世代の思い込みかもね。若い子は、あそこから僕らの気づかない何かを読み取っているのかもしれないから。

朝井 私のラジオはメール投稿なので、アドレスの@以前の文字列から投稿者の性格をどうにか推測しようとしますね。送信時刻がいつも平日の昼間だと、こいつ働いてないな、とか(笑)。ただ、確かにハガキよりは情報が少ないです。

伊集院 最近思ったのは、僕にとってメールは手紙の延長で、どうしても文語体になるんだよね。たとえば「今日、散歩の途中に一匹の犬が飛び出してきて、とっさに受け止めたからよかったようなものの、もし止められなかったら……」って書く。でもカミさんは、「超びっくりした!」ってまず一回送ってくる。ああいう半端なことが、どうしてもできない。

清水 あははは。そういうとこも不器用だなあ。

伊集院 朝井さんは若いけど小説家でしょ。メールで、ああいう中途半端な文章、書けるの?

朝井 私は中高生の時、学校に携帯を持ってきていた世代なんです。つまり初期OSが口語体なので、そこに違和感はないかもしれないです。

伊集院 清水さん、途中から出てきたものは、「○○みたいなもの」と理解しませんか。たとえば写メの場合、僕らは「カメラみたいなもの」と捉えるから、カメラで撮るならそれなりの礼儀があるだろう、と思ってしまう。

清水　でも、朝井さんにとっては最初から「写メ」、なんだよね。

伊集院　そう。いつまでも「○○みたいなもの、のポケットに入る版」、みたいな理解の仕方をしていると、きっと誤認を引きずることになる。だからネット上の悪口ってこんなもの、と思えずに、ハガキに書かれたものと同じ重みで捉えてしまう。

朝井　新たなものでいえば、学生時代からLINEを使っていた世代が、今ビジネスパーソンになっていて、彼らにとってメールはもう古いんですって。今はスラック（Slack）を使う、と。時候の挨拶や「お世話になっております」といった一文は、スラックユーザーからすると邪魔なもので、「いきなり本題入ろうよ」ってなるんです。LINEのスピード感でビジネスのやりとりをしているというのは、私もびっくりしています。

清水　すでに、朝井さんもびっくりの世界が始まっているんだ！

嫌いでしょうがない人がいます

伊集院　今思うとさ、若い時はどうしてあんなに誰かを嫌いになったんだろう、とか不思議に思うことってありません？

朝井　それって、年齢とともに変わりますか？　今、メチャクチャ嫌いな人がいて。自分の容積じゃ足りないくらい嫌いなのでつらくて。

清水　あははは。その嫌い方、相当だね（笑）。相手はどういう人？

朝井　だいたい、私が大切にしてるものを道具として利用して成り上がろうとする人、ですね。

伊集院　でも、ある時からそんなに嫌わなくても大丈夫って思えるようになると思う。僕も経験あるんだけど、たぶん彼らを認めてしまったら、自分も同じようになってしまう怖さがあるんじゃないかな。

朝井　同族嫌悪っていうことですか？　うわー。彼らと同じになるのは、とてもつらい……。

伊集院　もしくは、彼らに比べて「できない」ところがある自分を、ちゃんと認めてあげられないから反発するのかも。

朝井　それ、もっとつらいです。（笑）

伊集院　僕、若い頃はメグ（恵俊彰）さんが苦手だったのね。（笑）

清水　わっ、突然カミングアウトした。（笑）

伊集院　今思うと、メグさんみたいになりたかったりなれなかったり、裏腹の気持ちだったんだと思う。でも、自分なりの居場所が見つかって、この歳になってできることできないことがわかってくると、嫌う理由もなくなるじゃん。

清水　耳が痛い。

伊集院　きっと『婦人公論』読んでる人も、嫌いでしょうがない女友達とかいるんだろうね。

清水　ここで、そういう話題に持っていくところが、さすがメグさん！

伊集院　メグさんじゃねえよ（笑）。たとえば、ブランド物に囲まれてるあの人が嫌い。そんな時は、「自分もああいう生活をしたいのかも」と、いったん胸に手を当ててみるわけ。そのうえで、「あのバッグをほしい私は確かにいる。それは認めるけど、私だったらあんなひけらかし方はしない」と考える。

清水　「そんなふうに、机の上に置くかね」とか（笑）。あえて気持ちを自分に向けるわけね。

朝井　嫌いな人と「同族」ではないというのが確認できたら、ずいぶん楽になりますもんね。

伊集院　でもね、誰かを嫌ったり嫉妬したりしつつ、「自分はいったい何なんだ」と悩む時期は通らなくてはいけないんだと思う。そういうのを失って久しいなあ。それも問題かもなあ。

世の中の価値観は巡る

朝井　お二人とも、常に頭を回転させ続けている印象があります。私も前は、朝から重いドキュメンタリーとか観られたんですけど、最近は、いったんヒカキンの猫の動画を挟むとか、一拍おかないと頭がついていかないようなところがあって。脳って疲れませんか？

清水　伊集院さんだったら、たとえば今日はクイズ番組、次はNHKの教養番組、今度はバラエティ……って、仕事に合わせてモードを切り替えなくちゃいけない。頭を使いこなすのがうまくなったのかもしれないね。

伊集院　僕が去年「ビバ50！」と思ったのは、自分がだんだんポンコツになってきたから、適当にしかできないところがあって。たぶん若い頃にノイローゼになったのは、そういう「遊び」の部分がなかったからだと思う。

清水　昔はスベって傷つくと、この世の終わりみたいに思ったけど、オバサンになるにつれてだんだん平気になって、今はすごく楽。ただ最近思うのは、自虐というか、自ら自滅していくネタが増えたよね。「こんなダメな自分を見てください」っていうような。

朝井　びっくりした。最近、「自滅」がキーワードなんです。私はゆとり教育の世代でもあって、

清水　「自分の個性を大切にしよう」「相対評価ではなく絶対評価」というなかで育ったんですね。それは確かに素晴らしい理念なんですけど、私も含め、多くの人は、自分を測る確固たる物差しが持てるほど強くないんですよ。

伊集院　結局、人と比べないと自分の立ち位置がわからない。
　昔は外から強制的に「このままじゃダメ」って宣告されたのに、今は誰も言ってくれないから、自分で探した結果「ああ、あいつより劣ってる」という最後通牒を、自ら突きつけなければならなくなったわけだ。

清水　結果が必ず出るからね。

朝井　絶対評価のなか、結局は相対評価で自滅する。だから、今の人たちが自滅型思考になっていく状況はよくわかるんです。

伊集院　ただ、そういう世の中の新しい価値観は、それが固定化して新たな問題が起き始めると、また変わる気がする。明治初期、江戸時代に流行っていた奥深くて難しい落語が、一度消えるんですよ。お客さんが増えて、わかりやすい一発芸みたいなネタがもてはやされた。

朝井　へえ！　なんとなく今のご時世に似てますね。

伊集院　ところが、わかりやすい話ばかりが続くと「くだらねぇ」って、消えてたネタが復活する。結局世の中の価値観は、そうやってカウンターを繰り返してるんじゃないかな。

朝井　今の、すごく大事なお話ですよね。ひとつのことを信じて続けていたら、いつか時代との交点が巡ってくるかもしれない。だけど、それを待てないのが私のような若い世代の特徴だと思います。YouTubeの再生回数みたいに、すぐに結果の出るものに慣れすぎている。

流行りを追いかけていたら、結局は常に後追いでしかなくて、一生交点には出会えないと思うんですけど、とにかく待てない。

清水 交わろうと狙うのも、無理なんだろうね。

朝井 10代の読者と話をすると、「好きなことがみつからない」と悩んでいる子が多くて。私の場合、幼少期に小説と出会って、書き続けていたら時代との交点に巡り合えた感覚があるのですが、それってすべて偶然ですよね。悩みにどう返したらいいかわからなくて。

清水 好きなことってさ、中学高校の時に好きだったことの延長だと思うの。その時に好きだったこと、嫌いだったことを書き出してみるのはひとつの方法かも。

伊集院 まったく同感。時間を忘れて楽しいことをやる以外、活路なんてないと思う。「僕はどうやら、あったことを面白く喋るのが好きらしい」「一人でやるのが好きらしい」ということがわかった時、すっと肩が軽くなって、他人と比べることもなくなったから。

朝井 やっぱり、自らやりたい、向いていると思えることに出会うしかないですよね。以前、AIと文章生成に関する研究をしている方とお話しする機会があったのですが、AIが自然な文章を書くようにプログラミングはできても、AIが何かを伝えるために文章を書き始めることはない、書きたいという意思はつくり出せない、とおっしゃっていて。「これがやりたいんだ」という気持ちを胸に邁進することが大切なんだと教えられました。

清水 すごいね。私たちは好きなことを仕事にしているけど、「こういうことを伝えたい」という能動的な気持ちを持ち続けることが、ラジオでも小説でも芸術でも大事なことなのかもね。

端っこは、うまい

友近

飯尾和樹

『婦人公論』2018年11月27日号より

ともちか
1973年愛媛県生まれ。大学在学中から地元のテレビ局のレポーターとして活躍し、2001年に芸人デビュー。大物演歌歌手・水谷千重子や、ピザ店で働く西尾一男をはじめ、人物になりきった芸風で人気を集める。

いいお かずき
1968年東京都生まれ。2000年、後輩芸人のやすさんと「ずん」を結成。個人でも数多くのネタを持ち、バラエティ番組に欠かせない存在に。著書に『どのみちぺっこり』などがある。

今回は芸達者の二人をゲストに迎えて。同じセンスを共有できる友人や仲間、先輩の存在がいかに大切かを、清水さんと一緒に噛み締めます。

架空の世界をみんなで楽しむ

清水　この間、水谷千重子（友近さん扮する演歌歌手）のライブを初めて観に行ったら、飯尾さんと相方のやすさんも観に来てて。

飯尾　清水さんは、森三中の黒沢かずこさんと一緒でした。

清水　みんなで一緒に踊って、バカみたいに盛り上がったよね。

飯尾　興奮冷めやらず、そのあと四人で焼き肉食べに行っちゃいましたね。（笑）

友近　それは嬉しい！　ありがとうございます。昨日も松山で千重子の公演があったので、今日帰って来たばかりなんです。実は愛媛は私にとって鬼門でして。

清水　え、どうして？　生まれた県なのに？

友近　以前「これがお前の地元か？」というくらい、ぜんぜんウケなかったから、正直怖かったんですよ。でも今回はまったく違って大盛り上がり。感動して泣いている人もおって。

清水　それはよかった。確かに、都会と地方で客席の空気感が違うことってあるよね。東京でウケたブラックなネタを、同じように地方でやったら、お客さんがみんなショボンとしちゃって、私もそれ以上にしょげたことがあるもの。

飯尾 ミチコさんがしょげるような失敗って、今でもあるんですか。

清水 あるよもちろん。「お金払って観に来ていただいたのに」って、眠れない日もある。

友近 わかります。ただ最近は、地方のお客さんほどエネルギーを溜めて待っていてくれる、という手応えも感じるようになりました。

清水 それは水谷千重子の持つ力だよね。コントライブツアー『友近ワイド劇場』では、飯尾さんは出演者として、一緒に地方を回ったりしているんですよね。

飯尾 はい。驚いたのは、仙台の公演の時。ライブが終わったあと、明日は休みだからって、温泉を検索してるんですよ。

友近 行った先で、一人でぶらぶらするのが大好きなんです。

清水 温泉、一人で行くってすごい！

飯尾 もっと驚いたのは高知で打ち上げが終わったあとですよ。ホテルの自転車を借りて、「サイクリングに行く」って。夜中ですよ？ 3時間半の公演を終えてみんなヘトヘトなのに。

友近 なんかアドレナリン出まくりで、クールダウンが必要だったのよ。

清水 ハイになってるからね。

飯尾 お二人とも、緊張するイメージはゼロですけどね。

清水 いやいや。初めてのネタをやる時は、今でも「これウケるかなあ。独りよがりじゃないかなあ」と思って嚙みそうになるもの。

飯尾 最近のネタだと？

清水 大坂なおみさんとか、ちょっとドキドキしながらやった。顔には出てなくても、内心は

友近　日々肝だめしだよ。（笑）

飯尾　私も「今日はなにかトラブルが起こって、このロケ中止にならないかな」と思うこと、ありますす（笑）。そういう飯尾さんは？

清水　しょっちゅう「台詞が走ってる」って相方から言われます。ただでさえ滑舌悪いのに、話し始めて3分後ぐらいに「お前、早口だな」って、キューッとブレーキ踏まれる。（笑）

飯尾　やすさんは笑い方も豪快だし、いつも落ち着いてる感じがするもんね。

清水　野球とかバレーボールとか、人にカバーしてもらうスポーツばっかりやってきた僕と違って、あいつは一人で敵に挑む柔道をやってたわけ。初ライブの前、僕なんて緊張して昼飯も喉を通らない。それなのにやすは目の前で、とんこつラーメンをズルズルやってて。

飯尾　すごい度胸。

清水　「ちょっと緊張して食欲が」って言ったら、「俺が全部ツッコむから、ボケることだけ考えていればいい」と。やっぱりこいつはすごいと思って、いざステージに立ったらあいつ、開口一番「どうも、『どん』です」って。コンビ名、間違えますか？

飯尾　あははは。かわいい。

清水　驚いて横を見たら、ブルブル震えてて、耳が真っ赤。考えてみたら、柔道は敵も一人ですからね。80人のお客さんの前で話をするのは、勝手が違った。

「面白い」を共有できる喜び

清水　友近さんは、子どもの頃から座長タイプだったの？

友近 いえ、ぜんぜん。そもそもつるむのが苦手で。女の子って休み時間に連れ立ってトイレに行ったりするじゃないですか。私はどんなにトイレに行きたくても、誘われたら断ってた（笑）。もれそうなのに……。

飯尾 でも、一緒にはしゃいでた人たちはいるわけでしょう。『ワイド劇場』の高知公演の時に、「今日は同級生が観に来る」って言うので、挨拶に来たお客さんを見たら一発でわかりましたもん。「あ、この人たちがご学友だったたんだ」って。なんか光ってましたから。（笑）

友近 芸能界のことを聞いてくるのも、「友近、今度おクスリで捕まりそうな人って誰？」とか、そんな感じです。

清水 確かに普通じゃない。（笑）

飯尾 そういう仲間に囲まれた環境ですくすく育って、今の友近さんがあるんですよ。清水さんのご学友って、どんな感じだったんですか？

清水 学校に、すぐシャレを言う男の子がいたのね。カッコよくて目立つ存在なのに、ちょっとギャグのセンスが……って子、いるじゃない。

友近 ザンネンな。（笑）

清水 それで友達と符丁を決めたの。彼がイマイチの時は、「おもしろい」の間に「ん」をつけて、「おんもしろい」って言いながら、二人だけの言葉でわかり合うという。

飯尾 完全に遊ばれてるじゃないですか、そのイケメン君！

清水 傷つけないように、だよー（笑）。そういう意地悪感覚は、昔からあったかもね。

友近 でも、それを共有できる友達がいるって、大きいと思います。飯尾さんも、相当変わった

飯尾　子どもだったんじゃない？

清水　よく覚えてるのが、小5の時に親父がビールを飲んでて。つまみの袋を見たら、「ピスタチオ」って書いてあったんですよ。初めて目にしたその言葉の語感が妙におかしくて、笑いが止まらなくなっちゃった。父親が、「もう笑うのはやめなさい」と真顔で諭すくらい。

飯尾　わが子の頭が、おかしくなったと思ったんでしょ。(笑)

清水　翌日学校で、仲のいい友達の目をつぶらせて、耳元で「ピ・ス・タ・チ・オ」って囁いたら、友達もプッて噴いて。二人でゲラゲラ笑ってたら、「どうしたの？」と、みんな集まってくるわけですよ。でも同じことを言っても、ほかの人間にはまったくウケないの。

友近　不思議ですよね、そういうの。

清水　それが飯尾さんの「ぱっくりピスターチオ」なのね。

飯尾　やっぱりクラスの中心メンバーではなくて、ちょっと端にいて面白がるタイプだったんですよ、僕も。

友近　ははは。でも、メインで出張ってる子って、ものすごく面白いかっていうと、そうでもないんですよね。誰かのギャグを真似してるだけっていうか。

飯尾　そうそう。そういう感覚は、確かにあった。

清水　「端っこ」の楽しさで共感できるんだね、この三人は。

つらいダメージをリセットしたい時は

飯尾　僕がどうしてコンビを組んだのかといえば、一人ではとても舞台に立てないと思ったから

清水 なんですよ。お二人とも、誰かと組もうとは考えなかったんですか？

飯尾 まったく。そんなアイデアすら浮かばなかった。

清水 強いんだよなあ。僕も一時期、ピンでやらなければならないことがあったけど、まともに前が向けなくて。転校生の気持ちがよくわかりましたもん。

友近 私はそもそもラジオがスタートだったからね。それに私がデビューした80年代後半なんて、女性の芸人がぜんぜんいなくて、確かに孤独と言えば孤独だったよ。

清水 私も、コンビでやろうとは考えなかったですね。ただ、『ワイド劇場』のように、いろんな人と絡むステージも、すごく楽しいんですよ。ピンだとネタも限られるじゃないですか。

飯尾 飯尾さんは、相方はどうやって選んだの？

清水 いや、選んだもなにも、僕らが組んだのは30過ぎてからなんですよ。二人ともそれまでのコンビを解消して、うだつが上がらなくて。浅井企画の「在庫品」だったわけです。

飯尾 そんなに卑下しないでよ。（笑）

友近 じゃあ、この際在庫一掃セールで2年間ぐらい頑張って、ダメだったら辞めようかと。実際には2年経ってもぜんぜんダメなのに、ズルズル続けてたんですが。

飯尾 いいコンビですもん。

ギャグは、相方が笑ったら、という基準で採用するんです。番組で伊勢丹の研修のレポートをやっていて、「お辞儀は45度」って。なんだこれ、謝ってるじゃん、じゃあ「ぺっこり45度」みたいに。

清水・友近 あははは。

清水　でも、それからも続けられたのは、やっぱり漫才が心底好きだったからなんだろうね。
飯尾　それとね、事務所の関根勤さんやキャイ～ンが打つ「モルヒネ」が効いたんですね。
清水　何、それ？
飯尾　20代の後半ぐらいから、同期や後輩がみんな辞めていくわけですよ。公務員になるなら年齢制限があるし（笑）。どうしようかなと真剣に考えている時に限って、大先輩や一線級の同期が「面白いなあ、お前」って言ってくる。それが痛み止めみたいになって、「俺はまだいけるんだ」と。実は体はボロボロなのに。
清水　よかったね。そこで諦めてたら、今のブレイクはなかったもの。
飯尾　でも、変な気分ですよ。目の前のお客さんはクスリともしないのに、袖にいる同業者にウケたりして。だから、だんだん、こう横を向いて漫才やるようになって……。
清水　嘘ばっかり！（笑）
友近　やっぱり、尊敬してる人とか信頼を置く同業者とかに認められると、自信になりますよね。
飯尾　友近さんの場合、A先生（バッファロー吾郎Aさん）に見出されたんですよね。
友近　26歳で大阪に出てNSCに入った当初は、女子中高生が来る劇場に立ってたんですね。反応はイマイチ。オーディションにも受かったことがないんですよ、私。ところが、やっぱり袖で見ていたバッファローさんとかが面白いと思ってくれて、学生なのにいろんなライブに呼んでもらったりして。
清水　そういう出世の方法もあるわけだ。端っこなりに、ずっと面白いこと続けていきたいね。

エネルギーの使い方

『婦人公論』2018年12月25日・2019年1月4日合併号より

なかせ ゆかり
1964年和歌山県生まれ。新潮社に入社し、数々の人気作家を担当する文芸編集者に。2001年より『新潮45』編集長を務め、『週刊新潮』部長職編集委員を経て、11年より出版部部長。

いながき えみこ
1965年愛知県生まれ。朝日新聞社に入社。大阪本社社会部、『週刊朝日』編集部を経て、論説委員、編集委員を務める。2016年に退社してフリーに。『魂の退社』など著書多数。

ゲストの稲垣えみ子さん、中瀬ゆかりさんは一般企業で責任ある役職に就き、活躍。ただ、二人は50代を気持ちいいくらいに対照的に過ごしています。

ないならないでなんとかなる生活

稲垣　あのぅ。今回の鼎談、どうして私に声をかけてくださったんでしょうか。

清水　稲垣さんのことをテレビで知った時、率直というか、人からどう見られるかを意識したコメントをしていないから、面白い方だなと思って。

稲垣　いや、人からどう見られるか、すごく意識してコメントをしてるつもりなんですけどね。

清水　ちっともそう思わなかった（笑）。二人はテレビでコメンテーターもしていますが、なかなか難しい仕事なんでしょうね。

中瀬　最初にテレビに出る時、「知らない」「わからない」と言ってはいけない、とアドバイスされたことがあります。でも政治や経済なんて、「知らんがな」みたいなことがいっぱいあるじゃないですか。なので、「これ以上深く聞かないで」っていう冷や汗ものの時も。

清水　こんなご時世だから、発言を注意されたこともある？

中瀬　私が出てる『5時に夢中！』なんて、いくら下ネタを言っても「いいんじゃないですか」と許してくれるので、ついエスカレートしていく（笑）。よく考えたら、品格を貶めたと会社から訓戒を受けてもいいはずなんですけどね。

稲垣　何も言われませんか？

中瀬　上司はけっこう観てくれているみたいで、「今日の下ネタ、よかったよ」とか「今日は割と上品だったね」とか言われるくらい。

清水　ゆるい会社だなあ。

中瀬　ただ、情報番組のコメンテーターとして何も注意を受けないのは、それだけつまらないことしか言っていないということかもしれません。

清水　炎上しない程度に、バランスを見て発言してるってことだね。

中瀬　潔く新聞社を辞めた稲垣さんと違って、私は社畜として一生を終えたい。

清水　稲垣さんも『5時に夢中！』みたいな番組に出て、ぶっちゃけた発言をする予定は？

稲垣　いや、実はその番組を知らないんです。テレビがないので。

清水　ええっ！　どうして！

稲垣　節電が高じて電化製品をほとんどやめてしまい、ニュースは新聞とラジオで賄っています。

清水　なんでそこまで節電に目覚めたの？

稲垣　きっかけは、やっぱり東日本大震災の際の原発事故ですね。当時、私は関西に住んでいたんですけど、関西電力は電力のほぼ半分を原発で賄っている。じゃあ、まずは電気代を半分にしたらどんな生活になるかな、というところから始めました。

清水　ちなみに、エアコンは？

稲垣　ないです。

清水　今年、エアコンなしで生きていた人に初めて会った！　夏は大変だったんじゃない？

稲垣　確かによく心配されましたけど、でも夏って別に、急に暑くなるわけじゃないんですよ。徐々に暑くなっていくから……。皆さん、暑さが厳しくなる前からエアコンをつけてるので、逆に暑さが気になるんですよ。

中瀬　ひぇーっ。そういう問題じゃない！

稲垣　案外そんなことだったりするんで。そうした発見がいちいち面白くてハマってしまって、いつのまにか電化製品をほぼやめちゃった。ないならないで全然なんとかなる。

中瀬　冬はどう乗り切るんですか？

稲垣　湯たんぽです。あと、日当たりがいいマンションなので、外が寒いと家に入った瞬間、ちょっと温かい。その気持ちを大切に夜を乗り切ると。ガス契約もしていないので銭湯生活ですし。

清水　なんだか尊敬するストイックさ。

稲垣　風呂掃除もしなくていいし、やめちゃったら楽ですよ。自宅から歩いて3分のところに銭湯があるので、冬は寝る前に銭湯に行って、体が温まっているうちに蒲団に入ります。

清水　そこまで生活が変わると、バブル世代だし、昔から知っている人は驚いているでしょう。

稲垣　会社員時代は、確かに金満生活をしていました。洋服もすごくいっぱい持ってたんですよ。でもほとんど人にあげました。

清水　衣食住の「住」だけじゃなくて「衣」も！　じゃあ「食」は？

稲垣　基本的にはごはん、味噌汁、漬物ですね。カセットコンロで調理して、一食200円くらいです。野菜はベランダで干せばほぼいつまでも持つし、旨みも濃くなる。冷蔵庫をなくした時、食事をどうしたらいいかわからなくて。参考のために時代劇を見たんです。

清水 あははは。時代劇の見方が間違ってる。

中瀬 すごいですよね。私と真逆で、「生まれてすみません」という気持ちになる（笑）。私の場合、服はサイズが合うかが判断基準。「入った！　買う！」みたいな。しかも3キロ増、3キロ減の時に備えて、いろいろなデブ状態に対応できるようデブ順に並べてあって、捨てられないんですよ。

清水 現代人はみんな、中瀬さんに共感できますよ。

中瀬 稲垣さんと以前お話しした時、「趣味が恋愛というくらい恋愛が好きなんです」と言ったら冷ややかな目で見られた記憶が。いつまで恋愛にしがみついてるんだと思ってますよね。

稲垣 そんなこと思ってないですよ。ただ、私はもういいや、っていう感じかな。だって恋愛って、大変じゃないですか。

清水 エネルギー使うもんね。

中瀬 恋愛のエネルギーもカットかあ。でも江戸時代は、みんなお盛んだったって言いますよね。銭湯行けば、きっと女性のおっぱいが男性から丸見えだったと思うし。そういうところは江戸から学ばないんですか？

稲垣 私が行く時間帯はお年寄りばかりですから、なにも生まれませんよ。今は、男湯と女湯にわかれてますし。

清水 知っとるわ（笑）。でも、健康的な生活をしてるから、そんなにスタイルいいのかな。

稲垣 いろいろやめたら、憑き物が落ちたように食欲も減りましたね。私も会社員時代は、けっこう食べてたんですよ。

中瀬 うらやましい！　私なんて、ストレス食いばかり。

清水 じゃあ、今はストレスがなくなったということ？

稲垣 ほとんどないですね。以前は寒さがすごく苦手でしたが、暖房をやめたらそれもなくなって、逆に冬が好きになりました。受け入れがたい相手のことを「しょうがない、受け入れよう」と思ったら、寒さのいいところを探す、みたいな感じです。

中瀬 「ブサイクな男だけどここだけはステキ」とか、そういう能力に変換できそうじゃない？

稲垣 そう来ましたか！　考えておきます。（笑）

夫に会うため、霊能者のもとへ

中瀬 私は以前、事実婚のパートナーだった作家の白川道を亡くして。三回忌を過ぎた頃から、「よし、そろそろ次の恋愛をがんばろう」モードのスイッチが入ったので、今、８歳下の人とおつきあいしてます。

清水 へぇ！

中瀬 白川のこと、とうちゃんって呼んでたんですけど、とうちゃんは19も上なのにギャンブル好きで、家には1円も入れないろくでなし。私が稼いだお金は全部彼のギャンブル代になってましたし、ジャガーがほしいと言えば買ってあげるような生活でしたけど、私は18年間貢ぎ続けて楽しかった。

清水 今日のゲストは、二人とも変わり者すぎ（笑）。彼はどうして亡くなったの？

中瀬　大動脈瘤破裂です。突然10秒くらいで死んでしまって。そのあとは、貧困からの脱却がけっこう大変な毎日でした。とうちゃんの銀行口座を見たら、１０３円しかなくて。家のローンがドーンと残っているうえ、貢いでいたから私には貯金もない。寂しくて、生きていくモチベーションもなくなって、死んじゃおうかな、というくらい落ち込みました。

清水　テレビで上西小百合議員の顔真似とかやってた頃ですよね。私全然気づかなかった。

中瀬　顔真似やった翌週にとうちゃんが亡くなったものだから、もう罰当たったと思いましたよ。夜も眠れなくて、霊能者のところに行っては、とうちゃんを降ろしてもらっていました。

清水　えっ。なにそれ！　どんなふうに降りてくるの？

中瀬　けっこう当たってて面白かったですよ。「俺が通販で買ったフライパン、捨てただろう」とか言われて。

稲垣　本当にフライパン、捨てたんですか？

中瀬　とうちゃんは通販が好きで。よく着払いで注文して、私が不在の時に届くと、「留守番の者なのでわかりません」って帰して、必ず私に払わせてました。確かに彼の死後、フライパンを処分したんですよ。

清水　もっといいこと言ってくれなかったの？　「お前には苦労かけたな」とか。向こうの生活はどうだって？

中瀬　「なかなかいいぞ。食い物もうめぇしよ」って。ある霊能者によると、天上界のなかでも、いいとこに行ったらしいんですよ。けっこう野心家みたい。てっきり地獄に落ちたものと思ってましたけど、うまく鬼を騙したんじゃないかな。「俺も忙しいんだよ、こう見えて」

と言われました。

清水 じゃあ、新しい彼ができたことも報告したの？

中瀬 はい。「くやしい～っ」と霊能者が床に頭をぶつけていました。「認める～ッ、あいつはいい奴だぁ！」って。

稲垣 私、霊能者に会ったことないんですが、けっこう激しいんですね。

中瀬 その時は号泣系の霊能者のところに行っちゃったから。私は冷静なタイプのほうが好きですが、トランス状態になって、全身でうわーってやる人もいて。「いや、もうほんと普通でいいので、落ち着いて」って言いたくなる。

清水 私もスピリチュアルなものに関心があるから、沖縄でユタに見てもらったことあるんだけど、タバコを吸いながら煙のゆくえを見てたなあ。そうそう、「ラジオ、やめたいと思っているだろう」と言われて。

稲垣 図星だったんですか？

清水 内心、悩んでた時期だったから、ほんとにびっくりした。「絶対やめちゃダメ。楽しみにしている人たちがいっぱいいるんだから」と言われて、反省しました。

中瀬 霊能者、すごいですね。稲垣さんも、霊感がありそうですけど。

稲垣 いや、ないですよ。髪形の問題じゃないですか。

中瀬 でも、もし稲垣さんに「実は見えるんです」って言われたら、大枚払って聞きにいくかも。

稲垣 原始的な暮らしで感覚は鋭くなったと思いますが、霊感は全然ない。ただ欲がなくなったら人を引き寄せるようになった気はします。カフェの常連客と旅行に行ったり、銭湯で知り合ったおばさまに「うちでビール飲んでいきません？」って誘われて、一杯飲みに寄ったり。友達が増えました。

清水　今時、珍しい関係だね。

稲垣　寅さんって、あちこちの家にあがりこむじゃないですか。あれに近い。怪しい人とも身構えずにしゃべれるようになりました。

清水　稲垣さんは、なんで会社をやめようと思ったの？

稲垣　もともと、50くらいでやめようと考えていました。人生がだいたい80年くらいだとすると、40歳って折り返し地点じゃないですか。ということは、今まで上り坂だったけれど、すでに下り坂に入ってる。それまでは上ばかり見るような生活だったけど、残りの長い下りの時間をちゃんとハッピーに感じられるように、強引に価値観を変えて、自分を作り替えようと思ったんです。別に会社が嫌いになったとか、そういうことではないんですよ。

清水　社畜さんは、会社が大好きでしょう。（笑）

中瀬　はい。私の会社は、社長から上司から同僚も部下も、みんなインテリ。出社するたびにいろいろな話が聞けて自分が賢くなる気がするので、毎日学校に通うような楽しさです。

稲垣　中瀬さんは愛が深いですよね。男性にも会社にも。愛を注ぐことが好き、というか。

中瀬　私も20代後半までは先輩が嫌いとか、上司が嫌いとかあったんですよ。でもある時、喫茶店で嫌いな先輩がコーヒーを飲んでいるのを柱の陰から見ていたら、その背中がものすごく寂しそうで。その時、すーっと憑き物が落ちたみたいにその人のことが嫌じゃなくなった。人を嫌うマイナスのことにエネルギーを使うより、好きになることに使ったほうがいいんじゃないかと、いきなり自己啓発みたいな感じになったんです。

清水　価値観や考え方って、いくつになってもそうやって変えていけると思うと、人生面白いね。

中瀬　私たち世代の女性ってアンチエイジングに勤しんだり、若さを取り戻すことに意識が向きがちだけど、稲垣さんがすごいのは、若いうちから老いに目を向けているところですよね。

稲垣　戦略です。歳をとると体力だって衰えるし、放っておいても失うものばかり。でも失うものがほとんどない状態まで減らしてしまっているので、老いに対して心理的に最強です。

中瀬　そういえば稲垣さん、お化粧もやめたんですよね。私なんて歳とともにどんどん厚塗りになって。ベリベリッと全部剝がして素になれたらどれほど楽かな、と思いますもん。

稲垣　この年齢って、切り替え時が難しいですよね。

中瀬　そう。グレイヘアって確かにステキだけど、変わり目の時期を過ごす自信がない。

稲垣　それで言うと、私はいつ白髪アフロに切り替えるかが問題。

清水　インパクトあるだろうね。でも、アフロは変えないんだ。

稲垣　私には肩書がないので、テレビでは「アフロでおなじみの稲垣さん」って紹介されるんです。いやいやおなじみじゃないよ、と内心思いますけど、確かにほかに言いようもないなと。もはやこれ、ビジネスアフロです。ほかはこれほど自由なのに、髪形だけが不自由。

中瀬　次変えるとしたら、もう坊主しかないいんじゃない。なにか節目が必要だろうから、元号が変わる時にする？

清水　コラコラ、他人事だと思って。

『婦人公論』2019年1月22日号より

せきね つとむ
1953年東京都生まれ。大学在学中に『ぎんざＮＯＷ！』の「しろうとコメディアン道場」で初代チャンピオンとなり、ラビット関根の名でデビュー。35歳で劇団「カンコンキンシアター」を旗揚げ。

こさかい かずき
1956年千葉県生まれ。大学在学中にバラエティ番組『ぎんざＮＯＷ！』のコーナー「しろうとコメディアン道場」で優勝。勝新太郎主宰の「勝アカデミー」を経て、コメディアンとなる。

鼎談の合間、見たばかりの映画について夢中で語り合う小堺一機さんと関根勤さんは少年のよう。清水さんも、笑いが止まりません。

せっかちで愛情深い社長

清水 二人の仲は長いでしょう。もうどれくらいですか？

小堺 出会って40年以上ですね。同じ事務所になってからは、38年くらい。

清水 事務所の浅井企画と言えば、亡くなった社長の浅井良二さんのお別れの会が、とても面白かったそうですね。

関根 社長はお笑いが好きでしたから、葬儀は明るくやってほしいと言い遺していたみたいです。

小堺 大将（萩本欽一さん）からも「お前らが仕切れ」と言われたので、一切しんみりしたところのない会になりました。

清水 最近そういうお別れの会が増えて、いい傾向ですよね。故人が喜んでくれるだろうし。社長さんは、欽ちゃんを見つけた方でしたよね。

小堺 そうです。大将と一緒に作ったような会社でしたから。

清水 関根さんが座長を務める「カンコンキンシアター」の舞台で、天野（ひろゆき）くんが社長のモノマネしているのを見たことあるんだけど、相当せっかちな人で、面白かったなあ。

小堺 あれ、オーバーじゃないの。僕が結婚したとき、朝6時か7時くらいに電話がかかってきて、「小堺くんち、パン焼き器ある？」。「ないです」と答えたら、「オッケー。じゃあ買わないでよ」って1時間後にうちまで持って来たんです。アマゾンより早い。（笑）

関根　僕はマッサージチェアをもらったことある。社長がリヤカー引いてきて、「関根くんちは、わかりにくいね」って。

小堺　あの時代は電化製品がすごいプレゼントだったから、喜ぶと思ったんだろうね。

清水　本当にタレント思いの社長さんだったんだ。優しいな。

関根　健康診断も必ず受けるように言うので、もう何十年も欠かさず行ってます。前日に泊まるホテルを用意してくれるうえ、当日は終わるまで一緒にいてくれるんです。検査後は、前日の夜から何も食べてないんだから、好きなものを選びなさいって。

清水　理想的な上司！

関根　キャイ～ンの健康診断にも社長は付き添ってましたね。バリウムを飲んだあと、下剤が出されるじゃないですか。病院のトイレじゃ落ち着かないだろうと、社長がウド（鈴木）くんを自宅に招いたんです。キレイ好きなウドくんがトイレットペーパーを一度に1ロール使ったら、詰まっちゃって。社長の自宅の何百万もするカーペットが総取り換え。でも社長は怒らないんです。なのにウドくん、翌年も同じことやったの。

清水　なぜ学ばない。（笑）

関根　そのときは、さすがに「いい加減にしてください」って言ったみたいだけど。健康診断と言えば僕、3年くらい前に尿路結石になったんですよ。石がなくなったあと、今度は胃の調子が悪くなった。ムカムカするし、食欲もないから、絶対に胃がんだと思って。

清水　勝手に思ったんだ。

関根　あとどれくらい生きられるんだろう、と覚悟して検査結果を待ってたら、「ものすごくきれいな胃です」って（笑）。プラセボ効果で翌日にはすっかり調子よくなっちゃった。

小堺　結石の精神的ダメージが、胃にきたらしいですよ。

清水　気がちっちゃすぎる。（笑）

ラジオの生放送をクビになろうとした

清水　二人は、ラジオ番組も長く続けてましたよね。

関根　番組タイトルはいろいろ変わって、最終的に『コサキンDEワァオ！』になったんですけど、１９８１年から27年半やりました。当時はラジオの生放送のノウハウなんてないから、ですます調の畏まったしゃべり方しかできなくて。

小堺　最初の生放送が終わったとき、偉い人から「お前らやめちまえ」って怒鳴られてね。

関根　視聴者からくるハガキが、木曜以外の曜日は毎日30センチくらい積まれるのに、木曜だけ2枚なの。あるとき3枚になったら、オオクマリョウタくんって人が2枚書いてた。

清水　名前覚えてるんだ。かなしい……。オオクマリョウタくん、今頃なにしてるんだろう。

関根　すっかりつらくなっちゃったけど、若手が自分からやめたいとはとても言えない。クビになるような方向に持っていこうと小堺くんに提案したら、了承してくれて。それで、めちゃめちゃなことを始めた。「俺は不死身だ、ウォーッ。ＣＭです、どうぞ」とか。

小堺　今の関根さんに近い、わけのわからないことをね。怒鳴りまくったり、絶叫したり。ところがクビになるどころか、誰も怒らなくなったんですよ。「小堺くん、まだクビにならないから、もっとやらないとダメなのかな」って。

関根　ディレクターさんにあとで聞いたら、困ったけど勢いがあるから放っておいたみたい。リスナーも、自分たちの代わりにはしゃいでくれると思うのか、おとなしくて真面目なタイプがついてきた。

清水　じゃあ、最初のころはずいぶん自信がなかったんだね。

小堺　怒られてばかりでしたから。昔の芸能界は厳しくて、現場で怒号が飛び交ってたでしょう。

清水　今は叱られないよね。スタッフも、マネージャーを通さないとなにも言えない空気。

関根　昔の芸能界は、今では信じられないことがいっぱいありましたよね。

小堺　勝新太郎さんなんて、今だったら袋叩きになるんじゃないですか。喉のがんで入院したときの退院会見で、「タバコと酒はやめた」と言いながらタバコを吸ったり。

関根　すばらしいよね。スケールが違う。

小堺　勝さんにはびっくりさせられたことがあって。僕のラジオ番組のゲストに来てくださって一緒に食事したとき、肉を突然吐き出して、お店の人に「いつからこんな肉を出すようになったんだ」と言うんです。お店の人が慌てて奥に駆け込んだら、「見たか。あれが驚いた顔だよ。今の役者は判で押したような表情をするけど、今の顔を覚えとくんだよ」って。

清水　うわー。お店の人、びっくりしただろうね。

小堺　戻ってきたところで「勉強させてもらったよ」とスッと1万円札を出して、断る相手に最後には受け取らせてしまう。すべてがしびれる間合いで、芸だな、と思いましたね。

関根　勝さんには僕も思い出があります。タランティーノ監督が来日したとき、千葉真一さんが大好きということで僕と対談をすることになったのに、いつまでも現れない。控室を覗いたら、タランティーノが勝さんとしゃべってて。タランティーノは『座頭市』が大好きだからもう喜んじゃって。で、勝さんも「『パルプ・フィクション』のトラボルタ、あれいいよ」とか言って話が終わらないの。結局25分くらい遅れて対談したんだけど、タランティーノ、僕の千葉さんのモノマネに、全然気づいてくれなかった。（笑）

清水　勝さんみたいな豪傑は、今後はもう出てこないだろうね。丹波哲郎さんも、高倉健さんも。

小堺　三船敏郎さんも、石原裕次郎さんも。だって、今の男の子は30代でもかわいいじゃない。『ゴジラ』のときの宝田明さんは20歳よ。『切腹』の仲代達矢さんは29歳。『007』のショーン・コネリーなんてあまりに男臭くて、今の女の子は嫌がる気がする。

関根　確かに『007』の1作目とか2作目を見ると、顔に「スケベ」って書いてあるよね。（笑）

小堺　で、ボンド・ガールさんたちもセクシーなんだよ。今は男も女も中性っぽいね。

関根　女優さんだと、太地喜和子さんとかセクシーだった。

小堺　若尾文子さんなんて、和服をきっちり着てるのにエロくて。辺見マリさんや奥村チヨさんみたいな歌手もいないですよね。どうしてみんなこんな幼稚になっちゃったんだろう。

清水　人間自体が淡白になっちゃったんじゃないかな。

関根　「かわいい」文化になってるから、男臭い子ははじかれちゃうんですよ、きっと。

清水　私たちは濃い人たちをたくさん見てきた世代だから、その濃さに惹かれてモノマネしてる

小堺 ようなところがあるよね。私の場合、桃井かおりさんや矢野顕子さんやユーミンさんとかだけど、皆さん生命力が違うというか、生き物として圧倒的に強い。その生き方にも憧れてこの世界に入ってるから、自然とモノマネしたくなる。たとえばタモリさんは、若手が楽屋で髭剃っているのをみて「ここ来てから剃るの？　俺はもう家出たらタモリだと思ってるから」って。

清水 かっこいい！

小堺 堺正章さんも、そのままテレビに出られるようなおしゃれな私服で現場に入って、わざわざ衣装に着替えるでしょう。今の子たちは、ジャージでくるのね。ジャージなのはスタイリストがついている証しだから、そのほうがかっこいいんですって。

清水 そういう発想なんだ。なかなか豪傑なスターは生まれにくいだろうね。

モノマネ被害者は気づかない

小堺 ラジオにはいろんな人がゲストに来てくれたけど、関根さんがよくモノマネしている『新幹線大爆破』の宇津井健さんと千葉真一さんが、それぞれ来てくださったことがあります。

関根 「（宇津井さんのマネで）青木くん。新幹線を止めるんだ」「（千葉さんのマネで）あなたはなんてことを言ってるんだ。わかっているのか！」

小堺 僕、関根さんのモノマネを見たあとに映画を見たんですよ。絶対オーバーにやってると思ったら、そのままだった。（笑）

清水 あのシーン、私も大好き。名作だよね。

関根　宇津井さんは、「コサキンのお二人は江戸前のお笑いで、品がいいんだよね」と言ってくれて、それがうれしくてね。だからカンコンキンの舞台を見たいと言われたときは困っちゃった。とても見せられないじゃないですか。それで、「毎日上演時間の最長記録を出してて、5時間くらいやってます」と言ったら諦めてくださった。（笑）

清水　やっぱり見られてると思うと、のびのびできないよね。

関根　あと不思議なのは、マネされている人は、自分のことがよくわかっていないんですよね。

小堺　近藤正臣さんは、「俺は特徴がないからやりにくいだろう」っておっしゃいましたね。

関根　大滝秀治さんも僕にね、「僕にはわからないよ、似てるかどうか。でも、周りは似てるって言うんだよ」って。

小堺　田村正和さんと『古畑任三郎』で共演したとき、「僕のマネしてるんだって？　聞きたいな」と言われたんですよ。困ったけど、大将から「自信がないときほどすぐやれ。断らないほうがいい」と教わってきたのでやったら、僕のほうを見ないで「ハッハハッハ」と4回笑って去っていかれました。

関根　ミッちゃんはどうなの？　モノマネをしていて、ご本人からいろいろ反応があるでしょ。

清水　思い出したんだけど、吉田日出子さんから「私のモノマネ、見たけど、あんなに、ゆっくり、しゃべらないと思う」って、すごくゆっくりした反応があった。（笑）

関根　ユーミンさんは？

清水　最近はすっかり認可してくださってます。

関根　きっと歌だからだよね。普段のおしゃべりは、本人にはわかりにくいんだと思う。

小堺　でも、僕らは悪いモノマネの形を作っちゃったからね。「こんばんは、田村正和です」ってネタの最初に名前を言っちゃうという。

関根　あとね、説明しちゃうの。たとえば千葉真一さんの場合、「妻の野際陽子は日本で初めてミニスカートをはいた女優です」。

清水　情報を言っちゃうモノマネは、新しいなあ。（笑）

互いのセンスを引き出しながら

小堺　僕は高校生のとき、『ぎんざNOW！』の「しろうとコメディアン道場」で勝ち抜いてチャンピオンになった関根さんを見てるんです。プロレスネタで「わー、血だらけだ」っていうとき、きっとほかの人はケチャップとかで血糊をつける。でも関根さんは、「血だらけ」と書いたお面をかぶってた。そのセンスが大好きで。

清水　その人とこんなに仲良くなるなんて、不思議な縁だよね。

関根　小堺くんとやっているから生まれたネタもたくさんあります。歴史上の人物のモノマネは、ラジオがきっかけ。リスナーが、ペリーの絵をハガキに貼って、「ペリーです。もち肌です」って送ってきたんです。ゲラゲラ笑ってたら「ペリーってどうやってしゃべるの？」と小堺くんがふってきた。「くにをあけなさーい」。日本語で言わないんじゃない……って。

小堺　僕は今、土曜日の朝に『サタデープラス』という番組をやってるんですが、関根さん、頼んでもいないのに毎週見てくれて、留守電に感想を入れてくれるんです。

関根　『ごきげんよう』のときも、つまんない話を延々してる女優さんっているじゃないですか。

小堺　そんなときは「ごきげんようを楽しむ会の会員ナンバー25なんですけど、今日のあれ、全然面白くないんですよね。プロデューサーに言っといてください」って吹き込む。

関根　今どき、電話の画面に名前が表示されるから、関根さんだってわかるのにね。

清水　だから次々と工夫してます。「今喫茶店にいるんだけど、どうしても小堺くんに言いたいことがあるっていうおじさんがいるから、電話代わるね」って前置きしてから、「あーもしもし」っておじさんの声色でやるとか。

関根　本当に仲がいい。二人がずっと仲がいいのは、苦労をともにした戦友だからかな。いくつになってもふざけ続けられる関係は、理想的だし宝物だと思うな。

小堺　僕が27で、小堺くんが25のときにラジオを始めたから、二人で会うとそこに戻っちゃう。小学校の同窓会にいくと、ぽーんと小学生のときに戻るでしょう。あれと同じです。感覚がずっと27のときのままなの。あと、貫禄がつかないんだよな。

小堺　関根さんは何をふっても断らないから、僕も調子に乗っちゃう。こんなコントも作りましたよ。「偉そうにしているロックスターが、スタッフから硫酸のシャワーを浴びせられて溶けていく」。

清水　何だそれ。(爆笑)

小堺　「蘇るミイラ」とか「弱い宇宙人」とか「自分が質問されると怒る人」っていうコントもあるんですけど、見ます?

清水　……今日はもう帰ってもらっていいですか。(笑)

おばあさんになりたい

『婦人公論』2019年2月26日号より

さかい　じゅんこ
1966年東京都生まれ。高校在学中から雑誌にコラムを発表。広告代理店勤務を経て、執筆業に専念する。ベストセラーとなった『負け犬の遠吠え』で婦人公論文芸賞、講談社エッセイ賞を受賞。

やべ　たろう
1977年東京都生まれ。お笑いコンビ「カラテカ」のボケ担当としてデビュー。舞台やドラマ、映画で俳優としても活躍する。エッセイ漫画『大家さんと僕』はベストセラーとなり、手塚治虫文化賞短編賞を受賞した。

ゲストの二人の共通点として酒井順子さんが提示したキーワードから、長寿になった現代女性たちの生き方を考えることに……。

〝二婦の大家〟にまみえず

清水　矢部さんはエッセイ漫画『大家さんと僕』が大ヒットして。いまやすっかり文化人枠。

矢部　ぜんぜん文化人なんかじゃありません。いまもニュージーランドでおっきなうなぎとって、うな丼にしてスタジオに持って行ったりしてます……。

酒井　今回、矢部さんにはじめてお目にかかるにあたって私との共通点を考えてみたのですが、それは〝おばあさんが好き〟というところではないかと思って。

矢部　酒井さんはおばあさんがお好きなんですか。

酒井　小さい頃から、自分のことをおばあさんっぽいとは思ってたんです。そしたら年始の清水さんの武道館ライブの後、手相見の日笠雅水さんにばったりお会いして。その時、「あー、酒井さんは180歳くらいね」って。

清水　ちょっと待って（笑）。それどういう意味？

酒井　詳しいことは聞きそびれてしまったんですけど、前世も込み、じゃないですかね。ずいぶん昔に見ていただいた時も、「酒井さんは、魂がおばあさんね」と言われましたから。

清水　そんなこと言われても、酒井さんは怒らないという。

酒井　むしろ納得しました。ずっと、自分の実年齢が若すぎるような気がしていたので。

清水　そういえば酒井さん、エッセイで、今の女優さんはみんなきれいで、いかにも「ババア」という感じの人がいない。樹木希林さん亡きあとどうしていくんだろう、と書かれてましたよね。市原悦子さんもお亡くなりになってしまったし。

矢部　最近よく聞かれるのが、『大家さんと僕』を実写化したらどんな女優さんに大家さん役をやってほしいですか、という質問なんです。いつもぜんぜん思いつかなかったんですけど、今日ここにみつかりました。魂からおばあさんの方が！（笑）

清水　酒井さん、女優デビュー。おめでとう！

酒井　あははは！

矢部　物腰のやわらかいところも、なんだか大家さんと似ています。

酒井　当時、大家さんはおいくつだったんですか？

矢部　あの家には10年ほど住んだので、大家さんが88歳くらいまで一緒にいました。そのあと家が取り壊しになって、近くのマンションに引っ越しました。

酒井　あ、今はマンションなんですね。

矢部　はい。物件を選ぶ時、不動産屋さんから「こちらの大家さんはとてもすてきな方で……」と言われるたび、つい遠慮してしまいます。大家さんのこと思い出しちゃいそうで。だから、男性の管理人さんがいるマンションを選びました。

清水　すごくピュア。大家の浮気はしないんだ。（笑）

酒井　〝二婦〟にまみえず、なんですね（笑）。10年ぶりの集合住宅はどうですか？

矢部　他人の気配がないので静かです。すごくよく眠れますよ。暖かいし。マンション、やっぱりいいです。（笑）

酒井　矢部さんは、大家さんのお友達やお身内とも親しかったとか。

矢部　そうですね。大家さんのお友達に僕の漫画をお送りしたら、感想のお手紙をいただいたりして。それに最近、おばあちゃんっぽくなってきたねってよく言われるんです。

清水　年齢的にまだ早すぎない？　男の人はだんだんおばあさんっぽく、女の人はだんだんおじいさんっぽくなるって聞くけど。

矢部　いま思うと、大家さんとお茶を飲みに出かけた時も、「これ、かわいいわよね」といった話に自然に同調できましたし。いわさきちひろさんの画集を一緒に見て楽しんだり。僕の中にある少女性みたいなものを、大家さんと共有できたんだと思います。

清水　ソウルメイトだ。家族のようにべったり、ではない関係がよかったんじゃない？

矢部　そうだと思います。家族じゃないから僕も礼儀を持って接していたし、踏み込みすぎなかった。食事の機会もありましたけど、大家さんは手料理を振る舞うのではなく、「私の料理なんてお口に合わないでしょうから」と外食をご一緒することが多かったですね。

清水　そういう時は、割り勘なんでしょう？

矢部　いえ、僕がご馳走になってばかりでした。

清水　愛されてる！

矢部　もう、お家賃以上のことをしていただいて。そのうち僕もだんだんご馳走できるようになったんですが、結局、大家さんのことを描いた漫画の原稿料なので、僕がご馳走しているっていう感じでもないですよね。

酒井 そういう関係がすごくうらやましいんです。最近、若い人をかわいがりたい気持ちが強くなってるんですけど、かわいがり方がわからない。〝パパ活〟ならぬ〝ママ活〟みたいに思われそうで、ギラギラした感じも出せないでしょう？ これから高齢で独り暮らしの人が増えていく中では、友達以上、肉親未満みたいな存在が近くにいるといいなと思って。

矢部 大家さんも独身でしたが、寂しそうではなかったですね。お友達と電話で話したり、会ってお茶したり。いつも楽しそうでした。

酒井 清水さんは子どもの時、おじいちゃん、おばあちゃんと同居されてましたか？

清水 おばあちゃんとは同居してました。おじいちゃんはね、男の人たちがみんな戦争で亡くなっていく中、スズメバチに刺されて死んじゃった（笑）。笑いごとじゃないんだけど。

酒井・矢部 えぇっ！

清水 だから、スズメバチをナメるなというのが、代々わが家の家訓です。

酒井 私は同居していた祖母のことが大好きだったのですごく影響を受けていて、特に紙ケチ水ケチなんですよね。明治生まれの人は紙や水をとても大事にするので、折り紙で鶴を折っても、また解いて違うものを折ったり。

清水 もうシワくちゃ。（笑）

矢部 僕は母方のおばあちゃんが高知の山の中に住んでいたので、遠すぎて、2回くらいしか行ったことがないまま亡くなりました。だから、おばあちゃんが身近にいる人がうらやましかったんです。

清水　それで大家さんの存在が新鮮だったのかもしれないね。
酒井　私、いまはご近所に住んでいる96歳のおばあちゃんと仲が良くて。
清水　どうやって96歳と仲良しになれるの？
酒井　もともと母が整形外科のロビーで知り合った方を、私に紹介してくれたんです。
清水　関係が薄すぎる……。（笑）
酒井　その方は昔、麻布のほうに住んでいたので、二・二六事件の記憶があるそうです。学校に行こうとしたらすごい雪で、兵隊さんに「ここから先に行ってはいけない」と言われたんですって。
矢部　あ、わかります。東京にも年に1度くらい、大雪の日があるじゃないですか。すると大家さんも必ず、「二・二六事件の日もこんな感じだった」と言っていました。
酒井　そんな教科書でしか知らないような話を聞くと、歴史の生き証人なんだな、って実感しますよね。祖父母の話ももっと聞いておけばよかったなと悔やまれます。

こんな〝不幸〟、人生50年ならなかった

清水　そういえば100歳くらいまで生きると、人は多幸感に包まれると言いますが、それがすっごくうらやましい。最高の境地ですよね。
酒井　母方の祖母は101歳まで生きましたが、楽しそうで「もっと生きたい」と言っていました。晩年まで、カツカレーとか食べていましたし。
清水　ご長寿の人って、たいていお肉を食べてるね。

矢部　僕は肉を食べると疲れてしまうんです。もともと食が細いほうで、家でいろいろな作業に集中している時は、食べないこともあります。でもいまの時代、こんな食が細い僕でも100歳くらいまで生きられるってことですよね。

酒井　だからこそ大変なことも増えたような気がしますね。老後のお金の悩みとか、セックスレスの悩みとか……。人生50年時代にはなかった問題じゃないでしょうか。

清水　ずっと元気でいるってことは、なかなか枯れ果てていけないってことだもんね。

酒井　そういえば先日、群馬の温泉に一人旅してきたんです。同じ旅館に泊まっていたおじいさんおばあさんと、帰りの町営バスで一緒になって。会話を聞いていたら、「うちのやつが……」って言ってる。ご夫婦じゃなかったんですよ！

清水　そうか。年をとったらそういうさっぱりした関係も可能になるってことなのかな。

酒井　「どういうご関係ですか？」と聞きたかったです。でもうちの母も、父が亡くなったあと、ボーイフレンドと旅行に行ったりしていました。聞いたこっちはドキッとしましたが。

清水　性的ではない関係だったから、平気で娘に話せたんじゃない？

酒井　でもその方、母の元カレなんですよ。高校の時につきあってた……。

矢部　えぇっ！

清水　向こうのご家族は知ってるのかな。

酒井　わからない。母とその方が親しいことはわかっていたとは思いますが。しかしその方だけではなく、母にはほかにも親しいボーイフレンドが何人もいて。

矢部　えぇっ！

清水　恋愛って体質っていうけど、本当にそうなのねぇ。ちゃんとすぐ次の相手がみつかる。

酒井　とにかく人生100年時代ですから、老後の楽しみのためにも元カレの連絡先は消さないほうがいいのかもって、思うようになりました。元カレと互助。（笑）

さっぱりした名前のいいところ

清水　恋愛も元気の秘訣なのかもしれないけど、瀬戸内寂聴さんや美輪明宏さんっていつもお元気そう。年をとって気持ちが弱ってしまう人と、何が違うんだろう。

酒井　いま、横尾忠則さんがご自分より年長のクリエイターの方たちとお話しした対談集を読んでいるんですけど、つくりたいものをつくる、やりたいことをやる。そんな生き方が長生きにつながっている気がします。

矢部　僕の父（絵本作家のやべみつのりさん）は絵本や紙芝居を描いているんですが、精神的にすごく若いです。76歳なのに、いまも少年みたいなところがあって。うちは母がフルタイムで働いて、父は家で仕事をしていたので、いつも僕と遊んでくれました。イクメンの先取りみたいな感じですね。

清水　絵を描いているんだからそばに来るな、というタイプじゃなかったんだね。

矢部　ぜんぜん。一緒にスケッチに行ったり、縄文土器みたいなものを作ったりしてました。河原に穴を掘って土器を埋めて燃して、火が消えたら土をかぶせて余熱でさらに焼いて、明日掘り起こしにこようね、みたいな。

清水　まわりの友達は、ファミコンとか持ってた世代でしょう。

矢部　僕も欲しかったです。なのでお願いしたら、木で作ったゲームをくれました。
清水　ファミコンじゃない（笑）。そういうお父さんなら、息子が漫画で手塚治虫文化賞を受賞して、すごく喜んだんじゃない？
矢部　そうですね。テレビに出てもあまり喜ばれたことはなかったんですが。
清水　それは『電波少年』だからだよ。（笑）
酒井　清水さんはご両親の影響を受けているところはありますか？
清水　私も父親の影響が大きいかな。ジャズもそうだけど、他人の批評とかモノマネとか、とらえ方がうまかった。そういえば矢部さんの「太郎」という名前はすごくさっぱりしているけれど、お父さんがつけたの？
矢部　そうなんです。父には子どもの頃から、「大きくなったら自分の好きな名前にしたらいいよ」と言われていました。
清水　仮名みたいなもの？　キラキラネームの逆の発想だけど、とてもいい話だね。
酒井　清水さんの弟さんも、「一郎」というさっぱりしたお名前ですよね。
清水　両親が、名前負けしないよう淡泊にしたかったみたい。本人もすごく気に入ってる。
矢部　確かに僕も、プレッシャーがなかったです。重荷だと感じたことがありません。
酒井　ちなみにミチコさんは、漢字でどう書くんですか？
清水　私のは言いにくいんだけど、美智子妃殿下のご成婚の翌年に生まれたから、あの上品な方にあやかれということで。生まれた時からパクリ人生です。
矢部　だからカタカナにしたんですか。一郎さんと比べると、スゴい落差ですね。

清水 せめて芸名をカタカナで軽くしました。酒井さんの名前は、従順の「順」だね。

酒井 こういう儒教っぽい漢字を名前に使われるのは、私たちの世代で最後かもしれませんね。

清水 酒井さんは以前から漢字が大好き、と言っていますよね。

酒井 寝る前に、今日はこの部首の漢字と決めて、頭の中で思い浮かべながら数えていくんです。昨夜は「くさかんむり」でした。

清水 逆に頭が冴えちゃいそう。

酒井 一番多く思い浮かぶのは「さんずい」の漢字です。数え方の順番も決めていて、まず海関係の字から数え始めて、次に淡水系に進む。「さんずい」だったら、100個は超えますね。ほかに好きなのは、「いとへん」とか「しんにょう」です。「いとへん」は女性的なやわらかな字が多くて。「しんにょう」は旅を連想させる漢字が多いので、ロマンがあります。

矢部 紙に書かないってところがすごいです。

酒井 頭の中で数えるだけ。尽きるところが必ずくるので、ことっと眠れますよ。最近は歳のせいか、最近睡眠時間が短くなっちゃって。7時間くらいで目が覚めるのが悩みです。

清水 充分すぎるよ。

酒井 そのかわり、お昼を食べたあと、うつらうつら昼寝したりするようになりました。

清水 酒井さんは、なんだかすべてがおばあさんっぽい。やっぱり『大家さんと僕』を実写化する時の大家さん役は、酒井さんでお願いしましょう！

老人の引き時

糸井重里

末井 昭

『婦人公論』2019年3月26日号より

すえい あきら
1948年岡山県生まれ。編集者として、『ウイークエンドスーパー』『写真時代』『パチンコ必勝ガイド』などの雑誌を創刊。現在はフリーで執筆活動を行い、『自殺』で講談社エッセイ賞受賞。

いとい しげさと
1948年群馬県生まれ。コピーライターとして一世を風靡し、98年にウェブサイト「ほぼ日刊イトイ新聞」を立ち上げる。運営会社の「ほぼ日」は2017年に上場。

ゲストの二人は同い年。「きっと、老人ホームってこんな感じなのかな」と清水さん。でもお二人の仕事ぶりは、いくつになっても鋭いまま……。

自殺の直後、「しまった」と思うのか

清水 お二人が仕事を一緒にしていたのは、いつ頃のことですか。

糸井 末井さんが『ウイークエンドスーパー』という雑誌を作っていた1970年代の終わりかな。今でもよく覚えているのは、南伸坊と作ったプロレスに関するQ&Aのページですね。「プロレスラーが海水浴に行く時、どういうパンツで泳ぐんですか?」「おおむね流用です」……みたいなQ&Aを、夜中にゲラゲラ笑いながら二人で考えてね。

末井 座談会にも、ずいぶん出ていただきましたね。

糸井 最近ちょっとご無沙汰していましたが、末井さんが書かれた本はずっと読んでいます。

清水 『自殺』とか、本当に面白かったなあ。

糸井 末井さんは自殺について語れる人を求めて、どこへでも出かけてますよね。自殺の名所の視察にも、あちこち行っているし。

清水 エロ雑誌の編集長だった末井さんにとっては、不思議な着地点じゃないですか。

末井 自殺を考えるような人って、もともと好きなんですよ。

清水 本にもありましたね。自殺なんて関係ない、という人生の人より、ちょっと悩んでいる人

のほうが好きだって。

末井　真面目な人が多いし、生き死にまで行っちゃう切羽詰まった感じがいいというか。

糸井　僕は、自殺ってけっこう弾みでしてしまうものじゃないかと思っているんです。悶々と考えている最中には、実はあまり行動に移せない。

末井　行動しちゃったら、後戻りできないですからねぇ。

糸井　知り合いのお姉さんがマンションのベランダから飛び降りたそうなんです。でも直後に「しまった」って思ったんですって。それで思いっきりジタバタしたら、よそのうちのベランダに落ちて、助かった。

清水　とんでもない追い風！　生きたいと思ったんですね。その後の人生観変わりそう。

糸井　絶対に自殺なんかするもんじゃないと言っているそうです。

末井　自殺未遂した人は皆さん、「助かってよかった」と言ってるらしいですね。死んじゃった人も、「しまった」と思っているかも。

清水　もう聞けないけどね。

もう、エロはダメですか？

清水　二人とも、ずっと編集長をしてきたんですよね。

末井　僕はそうです。フリーになるまで、ずっと編集長。いろんな雑誌を出して、「職業は編集長」みたいな感じでした。

糸井　僕はいつも〝間借り編集長〟なんです。ほら、『ビックリハウス』の中にある「ヘンタイ

末井 よいこ新聞」とか、『週刊文春』の中にある「萬流コピー塾」とかをまとめていたわけで。

糸井 それに「ほぼ日（ほぼ日刊イトイ新聞）」は、そもそも編集長がいない。「新聞」ですしね。

清水 編集長の一番大事な役割というのは、アイデアを集めて、全体のバランスを整えることなんですか？

末井 あえて言うなら主筆かな。ナベツネと一緒（笑）。でも、編集長がいないのに物を作り続けられる体制は、自分でも面白いと思ってます。ちょっとアナーキーでしょ。

糸井 もちろん人を動かすことでもあるんですけど、僕が雑誌を作っていた頃は、ほぼ自分ひとりで考えてましたから、30代はけっこう大変だったんですよ。寝る暇がなかった。

末井 でも雑誌一冊分の原稿って、相当あるでしょう。ネタがない時はどうしてたんですか？

清水 一応みんなで編集会議をやるんだけど、出てくるアイデアが、ほとんど面白くないんですよ。なんで面白くないかを説明できないから、最終的には自分で考えてました。

糸井 昔から思っているんだけど、女性誌って一冊にこれだけの情報量が入っているのに、数百円でしょう。すごく安いと思うの。

末井 でも最近の人は、タダでも活字を読まなくなってるからね。エロを入れたらどうなんだろう？

清水 雑誌でエロはダメですね。今、エロを求める人は、制約のないネットに行くので。

末井 じゃあこの先、末井さんがやっていたようなエロは、雑誌では無理なんですね。

難しいでしょう。最近のアダルト雑誌は、けっこうお年寄りがコンビニで買っていたんです。でもオリンピックに向けて、多くのコンビニで置けなくなってしまった。僕はもう、エロは卒業です。関心がなくなった。

清水 えー、末井さんが？　糸井さんも？

糸井 僕は卒業生として大活躍、程度かな。でも確かに、エロ本見てもそんなに嬉しくない。

清水 やっぱり、そういう本がなかなか入手できなかった中学生や高校生の頃が、一番盛り上がるんでしょうね。女性のグラビアや口説き方なんかが載っていた『ＧＯＲＯ』みたいな男性誌があった頃は、男子が本当に幸せそうだったもん。

糸井 仲間や友人と喜びを共有して、オーッと雄叫びをあげる。そういう「心の海賊」みたいな気分が面白かったんだろうと思う。

清水 なるほど。「宝じゃ、宝じゃ」みたいな男子の世界ってわけね。末井さんって、雑誌を作っていた頃、わいせつ文書販売の容疑を何度かかけられていますよね。

末井 3回捕まってます。でも僕は、犯罪と思っていないから。あの頃は手錠もかけられないんですよ。何日に出頭しろ、と言われて、調書とられにひょこひょこ行くだけ。刑も罰金30万円で、それも会社が出してくれるんです。

糸井 そこで、「見えてる」「見えてない」の話を真面目にやりあうわけでしょう？

末井 だいたい月に1度は呼ばれて、「こんなの出したらダメだよ」って注意されていたので、どうしても知り合いになってしまうんですよ。向こうもだんだん、「ここで仕事したほうがいいぞ。机貸してやるから」みたいな冗談を言うようになったりしてね。

糸井 「人間」を出してしまったら、答えが見えなくなるものね。

末井 80年代くらいまでは、みんな人間を出しっぱなしでしたよ。

清水 いい言葉！

糸井 人間だだ漏れ。（笑）

末井 今はそんなことありえない。いきなりやってきて逮捕だから。事務的に手錠かけられて、連行されるでしょうね。当時の僕は、警視庁が一番人情が通じるところだと思ってたんです。だいたいエロ本を作っているとね、「お金のためにイヤイヤやっているんだろう」という見方をされて。かえってすごく同情されるんです。

糸井 本当は違うのに。（笑）

清水 同情に乗ったのね。

末井 もちろん。犯罪者のふりをしていると向こうの機嫌がいいから、こちらも楽しい（笑）。そこで「これは芸術だ！」みたいなことを言ったらダメです。

糸井 「ちょっと優しくしたらいい気になって。何が芸術だ！」ってなるよね。

清水 私が警察でも、イラッとくるかも。

末井 だから最初の頃は土下座でもしようかと思ったこともあったんですけど、それはちょっとやり過ぎかなぁ、と。ああいう時は、やり過ぎないほうがいいんですよ。

清水 芝居がバレてしまう。（笑）

「10円玉拾い体操」を考案

清水 芝居といえば、末井さんの自伝的エッセイ『素敵なダイナマイトスキャンダル』が映画に

末井　なりましたよね。末井さん役は、柄本佑さん。
　柄本さんとは最初に居酒屋で会ったんですが、僕とまったく同じスニーカーだったので、僕が間違って履いて帰っちゃったんです。どうしようかと思ったんですけど、そのまま履いちゃうことにして。柄本さんも、ずっと僕の靴を履いてくれていました。

清水　いい話ですね。同じ靴を選ぶというのは、何か似ているところがあるのかな。

糸井　「同じ羽根の鳥は集まるものだ」という英語のことわざがあるけど、人間も自然と、同じような感覚の人が集まるよね。たとえば、今日の末井さんと僕はすごくファッションが近い。ちょっとふざけたインテリ業、みたいな服ね。僕は最近、ジーンズをやめたんです。

末井　ああ。僕も、だいぶ前にやめました。

糸井　僕はジーンズしか穿いていないぞって、ある日気づいて。最盛期は100本くらいジーンズ持ってたんだけど、少しずつ処分しました。

清水　私、ジーンズにはちょっとしょっぱい思い出があって。高校生の時、父が急にジーンズを穿き始めたの。感覚が若いな、と思ってそれを母に言ったら、「現在浮気中」って。(笑)

糸井　いい話だ。(笑)

清水　ジーンズで、急な若作り。

末井　そのあとご両親がどうなったかが気になりますね(笑)。僕は一時期、ずっとジャージだったこともあります。そういえばこの前、スーパーで10円玉落としたんですよ。拾おうと思って屈んだら、尻もちついちゃった。恥ずかしくってねぇ。以来、「10円玉拾い体操」という、屈んで床のものを拾う運動を自分で考案して、トレーニングしています。

糸井　いくらおしゃれしても、これが老化です！　清水さん、僕たち70歳なんですよ。

清水　そうは見えないけど。

糸井　電車で席を譲ってほしいわけではないけれど、絶対に譲ってもらえないということについては、しょっちゅう考えますね。時には、譲られてもいいんじゃないかって。

末井　ああ、僕も譲られたことないです。

清水　二人ともファッションが若いからですよ。譲ったら悪いと思うもの。

最期ってそんな大事かな

末井　去年、知り合いが12人も亡くなったんですよ。そのうちの一人は、なんと殺人事件の被害者。さすがに知り合いが殺されたのは、はじめてだった。

清水　それはショックですね。確かに私も、喪服を着る機会が増えたかも。最近、知り合いの男性が亡くなったんですが、昔からかわいがっていた知り合いの女性がお見舞いに来てくれて、その人に手を握ってもらっている間に、すーっと逝っちゃったんですって。

糸井　いい話！　その男性はきっと本望だったと思う。僕だったら、好きな人に手を握られて最期を迎えたら、ニッコニコする。

末井　僕は、好きな人に手を握ってもらわなくていいです。愛されているかどうかなんて、わからないから。

清水　私も同じ。最期ってそんな大事かなって思っちゃう。

糸井　だって僕は、愛想笑いで満足する人だから。

清水 じゃあAIに看取ってもらうのは？

糸井 それはイヤ。AIでいい、なんて人はいないよ。末井さんは、この先もずっと生きるつもりですか？

末井 もう、自分で考えないことにしました。神様か何かわからないですけれど、誰かが決めるんだ、と思うことにしましたね。

清水 その前に、今の質問はどういう意味？（笑）

糸井 清水さんにはまだ早いだろうけど、何歳まで生きるつもりかによって、いろいろ予定が変わると思うんです。

清水 そうか。糸井さんは今、上場企業を経営する立場だからね。

糸井 僕は社長業をいつか辞めなくてはいけない、というのがある。退いたら、客人が働いている、みたいになりたいんだけど。周囲から老害と言われたくないし、進退については自分の口から言えないとダメだなって。

末井 そこへいくと、僕はひとりでやってるから、ちょっと違うかな。頼まれることがまず前提で、その時にできればやるし、できなかったら断る、みたいな感じになっていくと思う。これまでも、その場しのぎで生きてきましたからね。

糸井 清水さんは、いずれ声が出なくなる時とかくるのかな。

清水 それはあると思う。最近、声が少し低くなってきていて、男の人のモノマネのほうがうまいなって、我ながら思うもん。

糸井 マネしているのが、矢野顕子さんとか森山良子さんだからね。いくつになっても現役バリバリで、高音が出続けている人たちばかりじゃない。

末井　今の先輩たちはみんな若いから、大変だ。

糸井　確かにみんな若くなってると思うけど、女性は髪の毛がぶわーって荒れてきたら、要注意だよね。

清水　なにそれ！　髪の毛の荒れなんて、自分では止められないよ。

糸井　いや、髪をかまわなくなったら、ってことです。でも清水さん、テレビに出るのって、見るより疲れるでしょう。

清水　疲れる！　一応、アウトプットだから。

末井　視聴者の立場だと、向こうから来るものを受け取るだけだから、すごく楽なんですけどね。

糸井　最近のバラエティは、お笑いの人たちが1秒でも長く映らなきゃ、みたいな雰囲気じゃない。その中に清水ミチコがいると、ああ、前に出ていかないって決めたんだな、という感じがあって。

末井　ただ笑っているだけだったりして、それがすごくいい。

清水　太鼓判おされた（笑）。もっと前に出なくちゃ、と若い頃から言われてたし思ってたんだけど、性分だからしょうがないや。今日は引き時の難しさを考えさせられました。なんか私まですっかり70代の仲間入りしちゃったな。

『婦人公論』2019年4月23日号より

すぎもと あや
1968年京都府生まれ。87年に東レ水着キャンペーンガールでデビュー。女優や小説の執筆など、多岐にわたって活躍する。長く動物愛護活動を続け、「動物環境・福祉協会Eva」の理事長も務める。

たけい そう
1973年東京都生まれ。97年、陸上十種競技の日本チャンピオンに。数々のスポーツ経験を経て、タレントに転身。YouTubeチャンネルは「武井壮百獣の王国」。

ほとばしる野性的な魅力から二人をキャスティングした清水さん。ですが、思わぬ共通点がいくつもみつかって……。

究極の「何でも屋」になりたい

清水 武井さん、今や大河ドラマ（『いだてん』）にも出演してるんでしょ。私毎週観てるんだけど、ほんとに出てる？　正直どこにいたのか記憶にないっていう。（笑）

武井 出てますよ！　明治時代に学生が作ったスポーツ愛好団体「天狗倶楽部」のリーダー役で。ぴたーっと七三分けして髭面だから、友人も気づかなかったりするみたい。まあ、自分の気配を消せているというのは、役になりきれているってことですよね。

清水 すごいプラス思考！　一瞬でいい話になった。（笑）

武井 僕、こんなですが陸上十種競技の元日本チャンピオンなんですよ。オリンピックが題材の作品に出られたのは、「芸能界一速い男」の看板あってこそ。

清水 そうか、武井さんのそのキャリアもすっかり忘れてた。（笑）

武井 でも忘れていただけてる、というのは実は本望で。スポーツだけしか見せられないと、そういう番組からしかお呼びがかかりませんから。

杉本 武井さんは、器用だと思いますよ。ドラマ以外にも、MCやコメンテーターもこなして。

武井 最近は俳句番組の司会もやってて。そもそも十種競技って、短中距離走、ハードル走など

清水 を全部やって競うわけです。芸能界でも、そういう「何でも屋」になりたいですね。確かにコメンテーターしてる時は、ちゃんとその場に馴染んでる。上手な生き方！（笑）

武井 でも、何にでも馴染むといえば、清水さんだってモノマネで、ねえ。

杉本 そう！　私、清水さんにマネされてるって全然知らなくて。はじめてテレビで見た時には驚いてひっくり返っちゃった。私、こんな声低かったの？　って。（笑）

武井 似てるって思いました？

清水 （杉本さんのマネで）たまらないですよね。

杉本 清水さんがやってるんだから、そう見えてるのかなって。でも、私ってこんな怖い感じ？

清水 怖いんじゃなくて、魅惑的なんです。（またマネで）「女豹ですから」。

杉本 絶対言わないのよ、私こんなこと（笑）。でも、言いそうだなってところを、ちゃんとうまく突いてて。そういえば、この前インスタグラムで私のモノマネをずっとやっている若い女性を見つけたのね。ただどう見ても、私をマネしてる清水さんのモノマネなの。

清水 でも、マネてみたくなるのはわかる。自分でやってて最高に気持ちいいんだもん（笑）。杉本さんは、スカウトで芸能界入りしたんですよね。

杉本 そうです。地元の京都でモデルをやってたんですけど、その仕事先で、東京のプロダクションの女性マネージャーに「一度遊びにおいで」って誘われて。本当に遊びに行くつもりで出かけたら、写真バシバシ撮られて、「これって、もしかしてスカウト？」って。

清水 そこで気づいたんだ。

杉本 もともと芸能界に憧れがあったわけではなかったから、帰ってから電話がかかってきても、

武井　ずっと逃げ回ってたんですよ。そのうちに代表の方とかが京都にいらっしゃって、いろいろ話をしてくれて。それで、条件を出したんです。「京都から通いでやらせてほしい」とか「モデルの仕事だけにしてほしい」とか「最低保証金額はこれだけ」とか。

杉本　それいくつの時ですか？

武井　プロダクションに入ることになったのは、17ですね。

杉本　すごいな、10代でギャラの交渉までやるなんて。

武井　家庭が複雑だったこともあって、とにかく自活したかった。だからモデルの仕事も、高校を中退してやってたんです。

清水　で、本当に京都から東京に通ったの？

杉本　はい、4年くらいは新幹線で。しかも仕事もけっこう選んでましたね。『スケバン刑事』のゲストで、悪者に捕らえられる役の話が来た時も、「絶対に嫌だ」って。

清水　どうして？　当時大人気のドラマだったでしょう。

杉本　「セーラー服着るなんて、なに？」って。まあ、けっこうとんがってましたから（笑）。でも事務所としては、当然モデル以外の仕事もしてほしいわけですよ。「ドラマかバラエティのどちらかには出てほしい」ということで、音楽バラエティ『夜も一生けんめい。』に出ることにしたんです。土曜に『オールナイトフジ』もあって、ほんとに憂鬱だった。

清水　ずいぶん落ち着いていた印象があるけど。

杉本　「嫌そうなのが顔に出てる」って言われてました。今だから言えますけど、楽屋でお酒飲んでましたもん（笑）。嫌というより、どう振る舞っていいかわからなかったんだと思う。

武井 そんな彩さんが、どこからか女豹になっていったわけですね。

杉本 気がついたらどんどんそういう仕事を入れられて。こんなはずじゃなかったんだけどな、と心の隅で思いながら、忙しさに呑み込まれていった感じ。

清水 武井さんで最近笑ったのは、宇多田ヒカルさんのツイッター。彼女が「歌姫ってなんなん」とつぶやいたのに反応して、「百獣の王ってなんなん」って。あなたのは「自称」でしょって、みんなに突っ込まれてて。

武井 その後、吉田沙保里ちゃんが「霊長類最強女子ってなんなん」と僕のをリツイートしたら、彼女もまわりから言われてることだから、ますます叩かれて。あれはあくまで、自称の僕が言うか！　というボケなんですけど。（笑）

清水 すぐにわかりそうなものだけどね。

武井 そういう遊びが通じにくい世の中になってる気がしますよね。まあこの件は、僕自身は楽しんでましたけど。

清水 じゃあ「炎上した」っていう意識はないんだ。

武井 今回は単なるボケですけど、たとえば「自分はこうすべきだと思う」という意見を批判されたとしても、全然気になりません。

杉本 私はツイッターが苦手で、ブログでしっかり長文を書くか、インスタグラムで写真メインで見てもらうかですね。でもやっぱり、文章が長くなっちゃうんですけど。（笑）

清水 やっぱり、団体の代表をしている動物愛護について書くことが多くなってるの？

杉本 それもあるし、自分の仕事やプライベートを書くこともありますよ。でも、あえて発信す

清水　る意味があると思えなければ、ＳＮＳに載せないかな。時々遊びっぽい投稿もしますけど。二人ともしっかり意見を持っているし、行動力もある。「政治に興味ありませんか？」と誘われそうなタイプだけど。

武井　僕はないですね（笑）。政治に興味がないっていう意味じゃなくて、政治家になるような気持ちがまったくない。

杉本　私はしょっちゅう「どこそこの党から出馬する」といった噂が流れて、メディアから取材の申し込みもくるんですよ。「出ない」って言ってるのに。

清水　やっぱり！

杉本　自分のやっている活動の関係上、政治と関わらざるをえないこともあって。議員さんにロビー活動する機会が多いせいもあると思うんですけど。憶測記事をだいぶ書かれてます。

清水　向いてそうな気もするけど。

杉本　いろいろな方に言われるんですけど、議員になったら、自分が関心のある活動だけやっていればいいというわけにもいかないじゃないですか。だから、私には無理。

清水　そうかなあ。でもちょうど今日の衣装、議員さんみたいじゃない？（笑）

杉本　やめてやめて。（笑）

「個人」で頑張る、ということ

武井　清水さんがこの世界に入ったきっかけは何だったんですか？

清水　私は、最初ラジオにちょこっと出てて、そのうちライブをやるようになって、それを見に来たフジテレビの人に「テレビに出ませんか？」って。翌年『笑っていいとも！』のレギュラーが決まったという。

武井 僕も、デビューしてから3ヵ月で『いいとも！』のレギュラーが決まりました。

清水 強運だね。事務所がよかったのかな？

武井 いえ、僕は最初から個人でやってるんです。

杉本 私も24歳で完全独立したんですよ。どこかにコントロールされているというのが、どうにも耐えられなくなってしまって。

清水 かく言う私も大きい事務所に入ったことない。

杉本 なんだ、三人とも？

武井 「個人の輪」ができた。サークル作りましょうか。（笑）

清水 でも、最初から個人というのは、大変じゃなかった？

武井 31で芸能の修業をはじめて、デビューが39歳。その8年間に、芸能界の仕組みを徹底的に勉強したんです。業界の人に直接話を聞いて回ったりして。

杉本 すごい。私は勢いしかなかったな。芸能界の仕組みなんて何も知らずに、ダメだったら仕方ないや、くらいの気持ちで事務所を辞めた。独立してすぐは、「おいしい話」なんてことごとくきませんでしたけど、嫌なことも我慢したから今があるという感じです。

武井 確かに、個人ならではの課題はたくさんありますよね。

杉本 厳しかったけど、私の場合は「自分にしかできないことは何だろう？」っていう追求が、そこからできたんですね。だから本当によかったな、と思う。

武井　この仕事は、なんだかんだ楽しいですよね。自分でやりたい道をイメージして、そのための能力を培って、たくさんの人に楽しんでもらう。それが実現できるわけじゃないですか。

清水　こんなに一流の人たちに会える職場は、そうはないしね。

杉本　半ば強引に引き入れられた世界だけど、私も今はここに来てよかったなと感じます。

清水　百獣の王は、これから何を目指すの？　私、王様に会ったのはじめてなんだけど。

武井　くるしゅうない（笑）。まあ、ハリウッドですかね。

清水　でかいなあ、それは。杉本さんの夢は？

杉本　動物愛護法改正のこととか、いろいろありますけど、先のことで今頭の中を占めているのは、自分のやっている公益財団の後継者をいかに見つけていくか、ということですね。

清水　動物が好き、という気持ちが強いだけじゃ務まりませんよね。

杉本　情熱と冷静さのバランス感覚が必要っていうか。動物の問題って、社会の仕組みや個人のエゴも含めて全部人間の問題なので、最後は人間力が問われるんですよ。清水さんには、これから先の目標ってあるんですか？

清水　武道館公演は、10回まで頑張ろうかな、と。体力があればだけど。

武井　先輩の後は追いたい。僕も武道館目指そうかな。

清水　ほんとにできそうだから怖い（笑）。歌えって言われたら、歌手もやるんじゃないの？

武井　バックで清水さん、ピアノお願いします。

清水　なんで私、脇役なのよ。（笑）

『婦人公論』2019年5月28日号より

やしま のりと
1970年奈良県生まれ。大学在学中に、松村武らと共に劇団「カムカムミニキーナ」を旗揚げ。連続テレビ小説『マッサン』、『チョイス@病気になったとき』など、映画、ドラマ、バラエティと多方面で活躍。

たかはし かつみ
1961年新潟県生まれ。連続テレビ小説『梅ちゃん先生』、『デジタル・タトゥー』、『青のＳＰ』など、様々な作品で多彩な役柄を演じている。

ゲストの二人は、かつて初の二人芝居『禿禿祭《はげちびさい》』上演の際、トークショーのゲストとして清水さんを招致。モノマネ講座で盛り上がったことがありました。

「やりすぎ」とリアルの狭間で

清水 二人は知り合って何年くらいですか。

八嶋 来年で四半世紀になります。しかも、密度も濃い。二人で『トリビアの泉』に出演するようになってからは、休みが同じだから遊びに行くのも一緒で。

高橋 あの頃は本当にしょっちゅう一緒にいましたよ。八嶋が「ダイビングを始めたい」って言い出した時も、僕は興味なかったけど一緒にライセンス取って、サイパンに行って。

清水 へー。仲いい！

八嶋 急な思いつきだったのでツアーみたいなのに参加して。飛行機の座席も二人でちょこんと並ぶわけですよ。で、お互い一般の方にキャーキャー言われるのは嫌いなタイプではないので期待して待っていると、キャーキャーどころか変な目で見られて。（笑）

高橋 とにかくコンビ感が強いんです。今でも新しい現場に行くと、初めて共演する方から、「八嶋さんは今どうしてるんですか？」って聞かれます。

清水 知らないって。（笑）

高橋 あと、僕が出た番組に八嶋も出てる、と思われていることが多い。

八嶋　僕、「『ショムニ』に出てましたよね？」ってものすごい言われるんですけど、1秒も出てませんから。

清水　二人とも、コミカルな芝居ができるから、そういうところでダブってしまうのかな。

八嶋　ところが、僕たちには衝撃的に違う芝居があるんですよ。二度見。「二度見してください」って言われたら、普通は一度見てすぐ、もう一回ちらっとだけ見るじゃないですか。こうやってクイックに（と実践）……。でも克実さんは、最初見たあとしばらくは何事もなかったかのように「そうそう、あの時ああしてこうして……」としゃべっておいて、それから突然「ん⁉」っていう感じで思いっきり見るんです。

清水　遅っ！　斬新か（笑）。自分で編み出したの？

高橋　いや、俺が好きな二度見の芝居に、こういうのがあるよって見せたかったというか。たとえば『男はつらいよ』で寅さんが4回連続でコケるシーンがあるんですよ。4回も続けてコケて、最後は窓から落ちそうになるんだから自然なわけないんだけど、それが実に自然なんですね。そんなふうに、これまで自分が観てきた芝居を見せたいというか……。

八嶋　克実さん、映画大好きだから。

清水　じゃあ、その二度見もどこかで見つけたんだ。でも案外、高橋さんの二度見もリアルなところがある気がするなあ。役者の人もそうやって芝居を観察してるのか。知らなかった。

高橋　芝居だけじゃなく、もちろん普段の生活でも観察してますよ。酔っ払いが電車の手すりにつかまってぐらんぐらん揺れてるのに、絶対に倒れないことってあるでしょう。手すりを離して、もう倒れる……とこっちが思っているのに、すんでのところで持ち直す、とか。

八嶋　でもこれを現場でやると、監督に「そんな人いないから」って言われちゃうんですよ。

高橋　「やりすぎやりすぎ」って。

現実って、絶対笑っちゃいけないような時に限って、何かトラブルが起きますよね。実際、母方の祖父の葬儀で、ものすごく酔っ払ってて絶対しゃべっちゃいけないようなおじさんが、置いてあるマイクスタンドに、「えー、生前は……ゴンッ」って額をぶつけるんです。

清水　たけしさんみたいな。(笑)

高橋　娘である母は、きっと怒ってるんだろうと思ってちらっと見ると、ずっと肩が震えてる。笑ってるんですよ。こういうことは現実にあるんですが、芝居だとやりすぎになる。

八嶋　ミチコさんはモノマネする時、面白いところをあえてデフォルメすると思いますが、さじ加減はどうしてるんですか。

清水　その人への愛情が入口ではあるんだけど、だんだんウケる快感が勝っていく時はある(笑)。デヴィ夫人も、はじめは「あたくしはね」くらいでやってたんだけど、今はもう「あああたくしはねええ！」までに……。

高橋・八嶋　あははは！

その都度、拭けばいい

清水　私は、高橋さんのほうが先に出会ってるはずだよね。

高橋　下北沢が舞台の映画、『男はソレを我慢できない』です。

清水　そのあと、ドラマ版の『ちびまる子ちゃん』でまる子の両親役を一緒にやって。

高橋　あのドラマ、うちの子どもや親戚の子も大好きなんですよ。ＤＶＤを観すぎて映らなくなって、２枚目を買ったくらい。

八嶋　さっきから二人だけ出てるみたいな感じですけど、僕もたまちゃんのお父さん役で出てますから。何せ、さくらももこ先生のご指名だったんですよ。あの役は八嶋さんでって。

清水　あー、そうだそうだ忘れてた、ピッタリすぎて（笑）。撮影の時、高橋さんがスタッフの女性たちに大人気で、みんな口々に「結婚したい」って。

八嶋　克実さん、モテるんですよ、昔から。でも知れば知るほど、結婚したくないタイプですけどね。うちに来て飲んでても、ずーっとおしぼりでテーブルを拭いてる。

清水　性分なんだよね。

高橋　水滴とか、ちょっとでも落ちてるとダメですね。汚れものが出ていると、そのまま食べ続けられなくて。途中で片づけたりしちゃうんです。

八嶋　昔、届け物があって克実さんの家に突然行ったことがあります。「ちょっと汚いけど」って通されたリビングがモデルルームみたいにきれいで。なのに、観葉植物の下の汚れが気になるらしく、しゃべりながら拭くんです。でも、今度はどけた時に置いた跡が気になってまた拭いて……それをずっとやってるから、思わず「克実さん！」って止めましたよ。

清水　もう、やめて～。（笑）

八嶋　同じ草野球チームに入っていた時、練習後に、克実さんの家でシャワーを借りたんです。そしたら、克実さんがいつになっても出てこない。どうしたんだろうと思っていたら、シャワー浴びたあと、汗だくになって風呂掃除してるんですよ。

高橋　自分でもわかってるんですよね。子どもの頃から、あまりきれいじゃない場所では食べられなくて、母親から「お前は僻地に行くようなことがあったら、真っ先に死ぬ」っていくら言われても、「死んでもいい」って絶対に食べませんでした。

清水　じゃあ、海外ロケの時なんかは大変だね。

高橋　42までパスポート持ってなかったです。今でも、あまり行きたいと思わないですもん。

清水　奥さんから、文句言われない？

高橋　そりゃあ、行きたいんだろうと思いますよ。でもほら、海外は手軽な立ち食いそばとかないんだろうし。国内が一番ですね。

清水　ああ、こんな人と無理に一緒に行っても、つまらなさそう。（笑）

八嶋　でも、ありがたくもあるんですよ。たとえば、楽屋の洗面所ってメイクを落としたりするので、汚れやすいんです。同じ楽屋になると、本来は後輩の僕が掃除すべきところを、克実さんがひたすらピカピカにしてくださる。それでいて、そんな後輩に対して、「なんでお前がやらねーんだ」みたいな態度をとることも一切ない。むしろご機嫌なんですよね。

高橋　トイレも掃除しちゃいますからね。稽古場でも劇場でも、しばらく使うと決まったら、ほかの誰より早く行ってきれいにしておきます。

清水　そこまでやるかね。

八嶋　あと、自分でクイックルワイパーを買ってきて、そのままいろんな劇場の楽屋に寄付されるんですよ。

高橋　何が一番好きかって、家で充電式の掃除機を朝からかけるのが、生きがい、というかね。

清水 今の仕事やめても、掃除のプロになれるね。
八嶋 『グッディ！』でお掃除コーナーを作ればいいじゃないですか。
高橋 そんなコーナー作らなくても、水回りなんてその都度拭けばきれいになるんだよ。
八嶋 出た、名言。さすが！　毎日やればいいってことですね。
高橋 毎日じゃないの、毎回。
清水 でも、水回りはどうせ濡れるんだから拭かなくても……。
高橋 そういえば、さっきのサイパン旅行ですが、僕はもともとダイビングに興味がなくて行ってますからね。海に沈んでいく時のあの独特な浮遊感は楽しかったんですけど、魚を見て楽しいっていう感覚がわからなくて。
八嶋 相当透明度の高いところにお連れしてるのに、ですよ。あと、マダラトビエイという小型のエイが100匹くらい一斉にホバリングしてて、現地の人もこんなのめったにないって興奮してるのに、その時の克実さん、無表情でしたからね。
高橋 父親が戦争経験者ですし、サイパンやグアムと言えば大勢の方が亡くなられているとわかってるから、そもそも南の島に憧れはないんですよ。
八嶋 生きものたちの住み処になっている沈船まで潜ることになったんですけど、爆撃の実験で沈められた船で、命を落とした人がいないことが後の調査でわかるんです。ただ、僕たちが潜った当時はそれがまだわかっていなくて。そのうちちょっと気分が悪くなった、と言うので、ホテルに戻って各自の部屋でシャワーを浴びてたら、克実さん、思い出したらしいんです。「そうだ。俺は日本から塩を持ってきたのに、まくのを忘れてた」って。

清水　わざわざお清め用の塩を持って行ったの？

高橋　慌ててタオルだけ巻いて部屋の外で塩をまいてたら、ドアがガチャンと閉まって。

清水　コメディだ。（笑）

八嶋　そんなの、映画でしか観たことないでしょう？　それで僕の部屋のドアを叩いて、「八嶋、フロントに電話してくれ！」って。しかも、克実さんが持っていたのが、赤い食卓塩だったんですよ。普通、そういうお塩っていろいろあるじゃないですか。

清水　そんなに繊細でキスシーンの時は大丈夫なんですか。

高橋　なんで？（とキョトン）

清水　あれ？　今までの理屈からすると、嫌がりそうなのにね。

八嶋　よくわからない人の口を吸うなんてね。

高橋　え、そういうこと？　でも、女優さんはきれいでしょ。

清水　……。これは芝居だと平気、ということなんだろうか。

八嶋　なんか矛盾してるんですよね。

高橋　いやいや、人というものはだいたい矛盾してるものでしょ。

八嶋　出た、名言２つ目。矛盾だらけの潔癖オバケ。そうだ、ミチコさんはデビューした時のキャッチフレーズってあるんですか。

清水　あるよ。「ちょっぴりおませな27歳」。

高橋・八嶋　あははは！

清水　27歳がデビューだったからね。もう十分ませてますけどっていう。（笑）

八嶋 ミチコさんから僕は「実写版ミッキーマウス」って言われてきましたよね。
清水 いつもまわりを明るくするし、すぐこうやって手を広げるし。
八嶋 ミッキーマウスならいいんですけど、歳を重ねていくうち、ただの「おしゃべり」みたいになってきていて。話し始めると止まらないんですよ。
清水 奥さんに「うるさい」って言われない？
八嶋 言われます。なんで余計なことをいっぱいしゃべるんだって。東京の人だからかもっと端的にキャッチーにしゃべってほしいって言われるんですけど、でもそこ削ったら、僕の面白さなくなるじゃないですか。（笑）

テレビが王様だった頃

清水 二人は子どもの頃から、芝居が好きだったの？
八嶋 僕はちっちゃい頃から目立ちたがり屋で、小学生の時から何かと司会を引き受けていました。小中高一貫の国立校だったんですけど、友人たちにとっては、テレビに出るようになってからも僕のやってることが変わらないから、新鮮味はないみたい。
高橋 僕も八嶋ほどではないにしろ、小学校の時に卒業生を送る会で『太陽にほえろ！』のコントをするとか、そういうのは率先してやってました。
八嶋 昔はめっちゃかわいかったんですよね。
高橋 幼稚園の時、信用金庫の信ちゃんっていうキャラクターに選ばれて、地元の三条信用金庫のコマーシャルに出てるんです。中学生くらいのときには、刑事ドラマとか青春ドラマが全盛期だったのでそれに夢中になって。あの頃のドラマって半年とか1年単位でやってたじゃないですか。最終回で寂しくなっても、翌月からまた同じような内容のドラマが始まって。（笑）

清水 あの頃、みんな本当にテレビが好きだったもんね。誰が好きだったの？

高橋 ショーケン（萩原健一）さんとか、松田優作さんとか。

清水 この間、私も久々にショーケンさんのドラマを観返したけど、本当にうまいんですね。小さい頃はうまいも下手もわからないから、ただかっこいい、としか思ってなかったけど。

高橋 今、ああいうドラマが少なくなりましたね。だから、昔のばっかり観ちゃうんです。

清水 私もつい、CSを観ちゃう。

八嶋 ワンカットでアップとか入れていなくても、お芝居が面白いから観れちゃう。森繁久彌さんの「社長シリーズ」とか。

高橋 「社長シリーズ」には有名なシーンがいろいろあるけど、森繁さんと小林桂樹さんと加東大介さんの三人が寿司屋でしゃべってるだけのシーンなんて、おしぼりで手を拭くところから始まって、8分くらい画替わりなしなんですよ。

清水 すごい！ 今はすぐ飽きられるから難しいね。

八嶋 じゃあ、この三人で飽きさせないのをやりましょうよ。画替わりなしで。

高橋 『ちびまる子ちゃん』の三人で？

清水 さすが根っからの司会者。うまくまとめてくれた。（笑）

小林聡美　金田一秀穂

そっと、なりきる

『婦人公論』2019年6月25日号より

こばやし　さとみ
1965年東京都生まれ。映画『転校生』で初主演。以後、映画『かもめ食堂』、テレビドラマ『やっぱり猫が好き』など数多くの作品に出演する。

きんだいち　ひでほ
1953年東京都生まれ。杏林大学教授。上智大学心理学科卒業後、日本語学専攻のため、東京外国語大学大学院へ。国内外で教鞭をとるほか、テレビなどでも幅広く活躍する。

エッセイの名手としても知られる小林聡美さん。その感性や言葉の紡ぎ方の秘密を探るべく、日本語の〝先生〟である金田一秀穂さんをお呼びしました。

親善大使になりました

金田一　小林さんで印象に残っている映画は、フィンランドに日本食レストランを開く女性を描いた『かもめ食堂』。あれはよかったですよ。

小林　まあ、ありがとうございます。もう公開から10年以上経つんですよね。当時のヘルシンキは、まだのんびりしたところでした。

清水　撮影期間中、幸せだったでしょう。実は私、去年の夏休みに旅行で行ったの。いいところだった。食べ物もおいしいしね。

小林　それはよかったです。ここ数年でますますおいしくなっているそうですよ。

金田一　フィンランドって、世界一臭い缶詰があるんでしたっけ。

小林　ニシンを発酵させたシュールストレミングのことですか。あれはね、お隣のスウェーデンです。フィンランドの食べ物って、サーモンとかミートボールとか……。

清水　旅行中、英語版の食べログを使ったら安くておいしいお店をいくらでも検索できて、すごく便利だった。今の人は幸せだね。

小林　ミッちゃんたちは、サウナに入ったの？

清水　入らなかった。向こうのサウナはやっぱりいいもの？

小林　私は田舎のほうでスモークサウナに入ったんですけど、すごくよかったですよ。薪を燃やす原始的なタイプのサウナ。熱くなった石にジューッて水をかけた時の蒸気も柔らかい感じがして。

金田一　北欧だと、サウナのあとに冷たい湖に飛び込んだりするじゃないですか。あんなことして、心臓に悪くないんですか？

小林　聞いた話ですけど、脳にはとってもいいらしいですよ。サウナと冷水浴を繰り返すことで、エンドルフィンがバーッと出るそうです。フィンランドは夜が長いのでうつっぽくなる人が多いのだけど、それで解消するんですって。

清水　なるほど。サウナはメンタル的にも北欧ならではのものなんだね。

小林　撮影中、現地に友達もできたので、その後は気軽に行けるようになりましたね。映画が公開されてからずいぶん経つんですけど、私、フィンランド大使館から「親善大使」に選ばれたんです。今年は、日本と外交関係が樹立されてちょうど100周年ということで。

金田一　すごいじゃないですか！

小林　ちゃんと名刺もあるんですよ。どうぞ。

声の不思議を考える

金田一　僕、前に清水さんにお会いした時に、大原麗子さんのモノマネが一番好きだって言いましたよね。あれよりも今好きなのは、朴槿恵（韓国の前大統領）。

清水　あはは、よく知ってますね。（しおらしく）「もう、悪いことしないよ」。

金田一・小林　はははは。

清水　韓国のえらい人ってそれまですごく勢いがあるのに、逮捕されたりすると、途端に弱々しくなるようなところがあるでしょう。ナッツ姫もそうだったけど、その極端さが印象的で。

金田一　どう考えても日本語でそんなこと言うはずないのに、なんで似てると思っちゃうんだろう（笑）。確かに、朴槿恵以外の何者でもないわけですよ。不思議で仕方ない。前に聞いた腹話術師のラジオドラマも、そのわけのわからなさがおかしかったですよ。

清水　腹話術だから、本人は口を動かしてないわけですよね。

金田一　わかんないのよ、だってラジオなんだもん（笑）。小林さんは、ラジオドラマをやったことはありますか？

小林　はい。いわゆるテレビでの演技と比べると、何かとてもクラシックなことをやってるなっていう感覚になりますよ。それに、テレビなら身振り手振りで伝えられることも、声だけが頼りの演技になるので。

清水　そういえば、ラジオの通信販売は返品率がものすごく低いんだって。テレビと違って商品説明を一生懸命聞くし、考えるから勘違いも少ない。テレビだと視覚的な魅力だけで、衝動的に買っちゃうところがあるのかもしれない。

金田一　今の話で思い出したんですけど、この前、家の近くを運転していたら、白杖を持った女性がいたの。道を譲ろうと、車の窓を開けて「どうぞ」って声をかけたんですよ。そうしたら、その人が僕のほうをパッと向いて、「金田一先生ですか？」って。

小林・清水　えーっ！

清水　知り合いじゃないんですよね？

金田一　ぜんぜん知らない人。たぶん、テレビやラジオで聞いた僕の声が記憶されてたんだと思うのだけど。僕って、そんなに特殊な声ですか？

清水　それにしても、「どうぞ」の3文字だけで言い当てるっていうのが、すごい。

小林　ミッちゃんの声だったら、私わかるかもしれない。

清水　「どうぞ」

小林　「あ、清水さんですか？」

清水　このコントやめて。（笑）

金田一　とんでもない耳のよさですよ。きっと彼女たちは、僕たち三人とも声がわかると思う。以前、盲学校に行った時、廊下を歩く音だけでどの先生がくるかがわかるって言ってた。僕らはなまじ見えるばっかりに、「わかってない」ことが多いんじゃないかな。

清水　普段、五感を研ぎ澄ますということがないから。

金田一　そもそも僕は人の顔が覚えられないんですよ。だから、顔を判別して記憶してくれるアプリとかあればいいのに、と思う。

小林　iPhoneのSiri（音声認識アシスタント）は、持ち主の声を聴き分けられるようになりましたよね。

清水　そのうち、機械に「このモノマネは似ていない」とか言われる時代がくるのかなあ。そこをクリアしたら、立派なモノマネ芸人になれるってこと？

金田一　いや、清水さんにやすやすクリアされたら、セキュリティの用をなさない。井上陽水さんもユーミンさんも困っちゃう。（笑）

清水　声って感情が表れるものだと思うんだけど、女優さんって感情の込め方の度合いが大変そう。「もっと気持ちを込めてください」って言われるぶんにはいいけど、「もう少し抑え気味に」と注文されたら、ちょっと恥ずかしくならない？　懸命に演じたのが裏目に出ちゃったっていう。

小林　そうですね。私は言われた記憶ないけど、言われている人を見たことはある。（笑）

金田一　舞台だと、かなり感情を前面に出してお芝居しますすよね。観ていてちょっと恥ずかしくなっちゃうのだけど。

小林　ところが、今はマイクをつけているので、わりと映画やテレビみたいな感じで淡々とセリフを言う人が多くなりましたよ。こんなに抑え気味なのは稽古だからかな、と思っていたら、本番でもおんなじだったりして。「腹から声を出せ」っていう時代に育った私だけ、朗々としてて恥ずかしくなったことあります。（笑）

清水　ところで、ハードな役をやった時って、引きずるもの？

小林　私は、引きずらないようにするから、引きずらないです。

清水　そうなんだ。役になりきるために、自己催眠にかかるというか、小林聡美じゃなくなる瞬間、「自分で自分を騙す」みたいな瞬間があるんじゃないかと思って。だって演技って、モノマネじゃないから。（笑）

小林　役者にもいろんなタイプがあると思うんだけど、私はそこまで意識はしないなあ。

金田一 その人の生い立ちから入ったりはしないんですか？

小林 考えることはありますが、演じている時にはもう忘れてますね。それより私の場合、とにかくセリフを忘れないように、間違えないように。（笑）

清水 正直。（笑）

小林 意外と、大事なことなんですよ。

金田一 清水さんはどうなんですか？ 陽水さんやってユーミンになってって。その度に、自分の中で人間が入れ替わるってこと？

清水 ああ、入れ替わってます、これが恥ずかしいことに（笑）。ユーミンさんを演じている時には、ユーミンさんになりきってますね。その瞬間の頭の中がどうなっているかというと、モノマネをしている時には、その人の顔しか思い浮かばないの。

金田一 へえ、顔ですか。

小林 巫女的におりてくるんじゃないんですか？

清水 おりてこない（笑）。女優さんと違って私は存在している人をなぞるわけだから、顔が思い浮かべられたらOKで、「どんなだったっけ？」ってなると、やっぱり似ないんですよ。好きな人だと、すぐに出てくる。

金田一 朴槿恵さんとか。

清水 出てきますね。急にしょんぼりした姿にフイを突かれた、という記憶があるから、すぐに出てくる。

小林 へえ。ミッちゃんのモノマネは、相手の顔を思い浮かべてなりきるところにあったのね。

どっちへ行ったって同じだよ

清水　小林さんは、小さな頃からお芝居が好きだった？

小林　ドラマを見るのは楽しみでしたね。『ありがとう』とか『時間ですよ』とか面白いのがたくさんあって。同じ昭和の中で、古い時代から新しい時代に変わっていくのを描いたようなドラマの全盛だったんです。

清水　好きな女優さんは？

小林　別にいなかったなあ。小学生の頃の私のアイドルは、所ジョージさんでした。

金田一　不思議な小学生でしたね、それは。

小林　子どもから見ても、あんなふうに自由に生きてる大人っていいなあって思ったんだと思う。次に好きになったのが、ジョン・トラボルタ。『グリース』の。

清水　唐突（笑）。好きな映画って何回も観ますか？　私の場合、それが『ゴッドファーザー』なんだけど。また年末になると、必ずどこかでやるでしょう。

小林　私はあんまり映画を見返すことはないんですけど、一時期好きだったのはスティーヴ・マーティンの『サボテン・ブラザース』。西部劇の俳優が、手違いで本物の盗賊たちと戦う羽目になるっていうコメディで、今観るとすごくダサい（笑）。でも20代の頃は面白かった。

清水　よくできてたしね。

金田一　僕はディズニーのアニメーションの『ふしぎの国のアリス』。あれは、繰り返し観たくなる。以前、星新一さんが評価していらしたので観てみたら、「おお、すげえ」と。チェ

清水　シャ猫というキャラクターがいるでしょう？　あれは僕のヒーローなんです。

金田一　ニヤーッって笑う猫ですよね。

森の中で迷子になったアリスが歩いていると、分かれ道のところにこの猫がいるんですね。で、アリスが「どっちに行ったらいいの？」と聞く。するとチェシャ猫は、「お前は、いったいどこへ行きたいのかニャ？」と聞き返す。

小林　ただいま、日本語吹き替えバージョンでお送りしています。

金田一　アリスは「どこへ行ったらいいのか、わかんないのよ」と答える。そうすると、「じゃあ、どっちへ行っても同じだニャ」と。

清水　ルイス・キャロルは深いですよね。子どもには、そのすごさはわからないかも。

金田一　だから何度も観ちゃう。でね、時々学生に「先生、どうしたらいいでしょう？」なんて聞かれると、「どっちへ行ったって同じだよ」と返答する。

小林　それ、とっても都合のいいセリフですね、先生。（笑）

舞台に立つ緊張感、高揚感

清水　私ね、大勢で一緒にライブとか映画とかを観るのが好きなの。だから東京オリンピックも、もし行けるとしたら何がいいかなって考えると、やっぱりオープニングが見たいんですよ。

金田一・小林　えー⁉

清水　えっ、なんで。だめ？

金田一・小林　（顔を見合わせて）ねぇ？

清水　もう気が合ってる。初対面同士なのに。

金田一　僕が見たいのは、重量挙げ。

小林　重量挙げって、大道芸に近いような迫力がありますよね。あの、ちょっとありえないことをしてる感じがすごいなと思って。

金田一　あの単純さがいいの。ほら、卓球とか相手の失敗を誘う競技じゃない。いじわるのしっこなんだもん。もちろん重量挙げも競争なんでしょうけど。

小林　オリンピック前になって、本当に外国からの観光客が増えましたね。

清水　うん。実家の飛騨高山なんて交通の便もよくないのに、外国人観光客でいっぱいでした。

金田一　京都や日光だけじゃなくて、飛騨高山にまできたかあ。田舎があるって東京育ちの僕には羨ましかったけど、実は僕、盛岡のふるさと大使をやってるんですよ。フィンランドの親善大使にはなれなかったけど。（笑）

小林　私も東京育ちですが、両親が東北出身で。どういうご関係で盛岡に？

金田一　祖父（金田一京助）が盛岡の出身でね。年に1回、盛岡文士劇の公演に出てるの。

清水　ブンシゲキって何ですか？

金田一　作家とか新聞記者とか文学に関わる人間が演じる舞台のこと。尾崎紅葉なんかが始めたのがルーツで、昭和になってからは『文藝春秋』が主宰したりしていたんだけど、だんだん途絶えて今は盛岡にしか残っていないんですよ。これがけっこうなプラチナチケットで、売り出し日は朝4時から並ぶんですって。

小林　先生のほかには、どういう方が？

金田一 中心になってるのは、地元在住の作家の高橋克彦さんで、ほかに内館牧子さんとか、ロバート・キャンベルさんとか。岩手の放送局のアナウンサーなんかも参加します。

小林 先生もちゃんとセリフ覚えて。

金田一 はい。時代劇ですから鎧も着ますよ。

清水 わ！　失礼ながら、ぜんぜん似合わない（笑）。やっぱり衣装を着けたりすることで、人格が変わりませんか？

金田一 もう4回も出演してるのに、よくわかんないんですよ。「舞台に立つのは快感でしょう？」って聞かれることも多いけど、正直あんまり。それより楽屋が楽しいですね。地元の人が差し入れを持ってきてくれたりして。

小林 お稽古は何日くらいかけてやるんですか？

金田一 僕はせいぜい2日ですね。チョイ役なので。最初はセリフなんか覚えずに、アドリブでいいだろう、くらいに考えていたんですよ。そしたら「セリフをきちんと覚えなさい。間違えちゃだめ」って。

清水 本番でアドリブするほうが、勇気いりますよ。

金田一 確かに、本番って緊張しますね。職業柄、90分しゃべるのなんて難しいことではないのに、どうして1分のセリフがこんなに大変なのかと。だから役者さんはすごいなあと、改めて思うようになりました。僕はきっと決められた言葉を言うのがいやなんでしょうね。

小林 小林さんは、舞台に立つのは快感ですか？　同じこと繰り返すと、飽きませんか？

小林 わからない……。

清水　え？　わからないの？

小林　舞台って、始まるとなんだか毎日同じ夢を見てる感じになるんですよ。「ああ、今日もこの世界にきちゃった」って。

金田一　プロならではの感覚ですね。

小林　いいえ、要はつらいわけです（笑）。舞台の場合、間違ってもやり直しがきかないし、休めないから体調には特に気をつけなくてはいけないし。そういうことも含めた緊張感がどうしてもあるので。

清水　夜もぐっすりっていうわけにはいかないんだろうね。

小林　昔、波乃久里子さんと映画でご一緒した時に、「毎日舞台をやるのは大変ですね」と言ったら、「あれは歯を磨くようなものだから」って、さらっとおっしゃったんですよ。わあ、こういう人もいるんだ、と思った。

金田一　森光子さんもそうだったのかなあ。

清水　何千回も歯を磨いてたんだ（笑）。でもその境地まで行けたら、緊張感との戦いはもうないから、自分の演じたいように演じられるわけでしょう。羨ましい。

小林　そうそう。私がこの先、その域に行けることはまずない。

金田一　今度、お二人の生の舞台を観てみたいです。清水さんの武道館ライブもぜひ行きたい。

清水　どうぞ。ぜひ文士劇の役作りに生かしてください。（笑）

他者の目

尾崎世界観

箕輪はるか

『婦人公論』2019年7月23日号より

みのわ はるか
1980年東京都生まれ。2004年にお笑いコンビ「ハリセンボン」でデビュー。タレントとしてテレビ番組などで活躍するほか、ルミネtheよしもとで開催される公演にも定期的に登場。

おざき せかいかん
1984年東京都生まれ。ロックバンド「クリープハイプ」のボーカル・ギター。小説やエッセイも手がけ、2020年、『母影』が芥川賞候補となる。

尾崎世界観さんと箕輪はるかさん。二人の話からは、人が「ありのままの自分でいる」ことの難しさを突きつけられ、ハッとするような気がします。

アンコールは気恥ずかしい？

清水　いまや尾崎さんは、観客が何万人もいる屋外ステージに立ったりするわけですよね。人の波に呑み込まれるような怖さを感じることってないですか？

尾崎　それはぜんぜんないです。長い期間お客さんがまばらなライブハウスでやってきたので、むしろ人に飢えていて。あのとき足りなかった分が返ってきたような感覚です。年末調整みたいに。（笑）

清水　あははは。熊本でクリープハイプのライブを見たとき、ずいぶん涼しい顔でやってるなと思ったの。ロックフェスだったと思うんだけど、フェスって自分たち目当てじゃないお客さんが大勢いるものでしょう？

尾崎　そのことは、やっぱり意識しますね。ワンマンライブでは目一杯サービスをするけど、フェスでは媚を売らず、出番が終わったらさっと帰ります。

清水　あ、いま「媚」って言っちゃった。（笑）

箕輪　「この場でファンにしてやろう」とは思わないんですか？

尾崎　「ありがとう！　ありがとう！」なんてわざとらしくやると、「いや、お前を見に来たわけ

清水　じゃないし」と言われそうで。すっと去ったら「逆になんか気になる」と思ってもらえるかもしれないじゃないですか。
箕輪　尾崎さんって、妙なところで清いんだよね。バンドのTシャツ着なかったり。CMしない。
清水　え、なぜ……。着たらTシャツの売り上げ、伸びるじゃないですか。
箕輪　それどころか、こないだは「アンコールはしません」って宣言しちゃった。
尾崎　コンサートなのに？　ファンはがっかりしないですか？
箕輪　「やるべきことは、全部本編に組み込んでいます」というスタンスで行くことにしたんです。好きなミュージシャンが、拍手をしたら出てきて、はけて、また出てきてというのを、ほんとは見たくないじゃないですか。
清水　そんなことないよ。みんな普通にアンコール聴けたら嬉しいと思うけど。
尾崎　いや、あんな気恥ずかしいものはないのでもうやめました。ハリセンボンの単独ライブのときはどうしていますか？
箕輪　芸人の場合、ネタの最後の「ありがとうございましたー」できっちり終わることがほとんどなので、そもそもアンコールっていう発想がないんです。
清水　私はあるよ。すごい上機嫌で出て行くの。（笑）
箕輪　清水さんのステージは、音楽の要素が大きいですから。
清水　芸人さんも、自分たち目当てじゃないお客さんを相手にすることのほうが多いよね。
箕輪　はい。単独ライブ以外は、基本そういうものです。
尾崎　そうなんですね。でも、１００％自分たちを目的に来てくれている人と、そうでない人の前で演るのとが同じテンションだったら、それはそれで嘘くさくないですか。

清水　そこは演芸系と芸術系の違いだなあ。

尾崎　もし自分が観客の立場だったら、そういう嘘くささはわかるし、嫌だなと思います。だからフェスのときは、さっと帰ることもあれば、MCで「どうせ、次の出番のバンドを待ってるんでしょ」とあえて言うこともあります。

箕輪　尾崎さん、本当に清いんですね。

観客の姿こそ最高の「景色」

清水　ハリセンボンは、地方に呼ばれることもけっこう多い？

箕輪　そうですね。地方は、芸人が来ること自体珍しいというところがあるので、基本的にどんなネタをやってもワアッと盛り上がってくれます。

尾崎　僕は地方に行っても、観光に出かけたり、飲みに行ったりしないんですよ。ライブの前日に着いたら、ずっとホテルの部屋に籠っています。

箕輪　もったいない。名物を食べに行ったりしないんですか？

尾崎　行かないですね。でも、ライブ会場でその土地のお客さんたちが嬉しそうにしている姿こそが、最高の観光スポットだと思っているので。……とか言うと、これも嘘くさいと思われるんでしょうけど。（笑）

清水　だから思わないって（笑）。でも、すごくいいことを言ってる。

尾崎　音楽でその場に人を集められるのを、本当に幸せなことだと思っていて。ライブは2時間

清水　ぐらいですけど、お客さんたちと一緒に過ごしているだけで、だいたいその土地のことがわかるように感じられるんです。
尾崎　海外でライブをやったことは？
清水　いえ、ありません。
箕輪　ハリセンボンは？
尾崎　一度だけ、上海で新喜劇のような出し物をしている公演に、ネタ出演でオファーをいただいて。あまりよく覚えてないいんですが、けっこう笑ってくれていたと思います。
箕輪　そのときは日本語でやったんですか？
尾崎　はい。確かお客さんは、向こうに住んでいる日本人だったので。孫を見るような、久々に故郷に触れたような感じで接してくださって。「笑いを楽しむぞ」というのとは、ちょっと違った雰囲気でしたけど。
清水　ある男性の芸人さんが中国でネタをやったんだって。あっちは笑いも健康のためっていう意識が強くて絶対に笑ってくれるんだけど、ネタの途中でシャーンってドラが鳴って、それを合図にみんなが大爆笑、というシステム。
尾崎・箕輪　あははは。
清水　打ち合わせのときに「ネタのここのところで鳴らしますね」って言われるから、自分の芸で笑わすわけじゃないんだと思うとちょっと空しかった、って言ってた。
箕輪　むしろお客さんは、ひたすら「シャーン」を待ってるんでしょうね。
尾崎　それだったら、言葉の違いがあまり意味を持たないのかもしれませんね。ある種、感情を

清水　コントロールできている、ということでしょうか。

尾崎　そう。感情をコントロールするのは不自然、という考えがないのかもしれない。無理やりだったとしても、みんなで笑えればそれでハッピー、という。

清水　逆に、日本人はそのあたりがすごくシビアな気がしますね。心底笑っているのか、泣いているのか、とことん突き詰めるところがあると思います。

尾崎　「その涙は本物ですか？」とかね（笑）。私もそういう目で見てしまうこと、ある。

清水　だから僕も、嘘くささを気にしてしまうのかもしれません。ちょっと窮屈ですね。

書くこととけん玉の意外な共通点

清水　そういえばチケットの不正転売問題について、ラジオで語ったりしていましたよね。

尾崎　本当に転売は頭にくることばかりですよ。高値で売りつけるのも問題だけど、逆のパターンもあって。エゴサーチをしていると、ライブ当日のギリギリになって、「買い手がつかないから、もう半額でいいよ」というツイートがあったりする。「なにが『いいよ』だ！勝手に値下げするなよ」と思うじゃないですか。

箕輪　それは、かなり悔しいですね。

清水　そういう話を聞くと、昔いたダフ屋のおじさんが清純だったように思えるよね。ちゃんと足を使ってるし、手売りだし。

尾崎　わざと開演から20分くらい待って、それから交渉するお客さんもいたみたいですね。ダフ屋から買い叩く。

清水 最近、不正転売に関する禁止法が施行されたけど、状況が改善されると思いますか？

尾崎 いろいろな問題は残ると思います。不当な転売は防げるかもしれないけれど、本人確認が厳しくなると、本当に急用ができたときに知人に譲りづらくなって、空席ができる可能性がありますよね。悪い人間を取り締まろうとすると、別の不都合が発生してしまう。

清水 解決の糸口がいつも見つからないね。最近の尾崎さんは文筆の世界でも大活躍ですけど、書くことはもともと好きだった？

尾崎 好きです。文章を書くと、「自分はこんなことを考えてたんだ」というのがわかるんです。書きながら、自分の気持ちを整理するというか。話したほうが早いし、頑張らないと自分が納得いく形にはならない。でも、書いているときのその感じが好きなんです。

清水 私もエッセイを書き終わると、やっぱりスッキリする。

尾崎 句読点を打つごとに、シーツの皺が伸びていくような感覚があります。

清水 書くのはパソコンで？

尾崎 いえ、iPhoneですね。文字のサイズは全部一緒だし、半角空けようと思えば、必ず同じスペースになる。あの均等な文字列を見ていると、自分の機微が浮かび上がってくるような気がします。曲の歌詞も、全部iPhoneのメモに打っています。

清水 私、小さい頃から読書感想文書くのが好きすぎて、たまに本を読まないで書いてたの。

箕輪 あはは。感想じゃなくて空想じゃないですか。私もたまに文章を書かせていただくことがありますが、お二人と違って、かなりしんどいです。たぶん向いてないんだと思う。

尾崎 書くのが得意なイメージがありますけど。

箕輪　そうですね、話し下手なので……。

清水　謙虚すぎる。自分が芸人だってこと忘れてない？（笑）じゃあ、一番向いているのは？

箕輪　けん玉かな。小学校の学童クラブで覚えたのがきっかけだったんですけど、大人になって長期入院したときに暇でまたやり始めたら、メキメキ上達しちゃって。

尾崎　でも、けん玉が穴に入ったときの感覚と、文章を書き終えた感覚は、似たところがあるのかもしれないですね。ストンと腑に落ちるというか。僕にとって文章を書くのは、そういう気持ちよさがあるので。

箕輪　ああ、なるほど。

尾崎　ただ、僕にはけん玉は無理ですね。イライラして、たぶん玉を摑んで、直に入れてしまいます。（笑）

本当の私は知らない土地で

箕輪　プライベートで海外に行くことはありますか？

尾崎　それが、一度もないんです。

清水　今の若い人は、海外旅行にあんまり行きたがらないって言うもんね。はるかちゃんは？

箕輪　私は、一人旅に行くようになりましたね。

清水　お。大人じゃない。

尾崎　最近だと、どこに行きましたか？

箕輪　スペインとアルゼンチンに。アルゼンチンは年越しに行ったんですけど、泊まっていたホテルで新年のカウントダウンパーティーみたいなものが始まって。

清水　一人で参加するのは怖くなかったの？

箕輪　ぜんぜん。ごはんを食べようと思ってビュッフェに行ったら、泊まっているほかのお客さんが声をかけてくれて。

尾崎　外国の方ですか？

箕輪　そうです。で、そのファミリーの中に入れてくれたので一緒に食事して、乾杯して。バンド演奏に合わせてみんながそのまわりで踊り出したから、私も輪の中に入って踊りました。

清水　らしくない！　夢でも見たんじゃないの？（笑）

箕輪　本当なんですよ。あれは楽しかった。

清水　はるかちゃんは、旅に出たほうが大胆になれるのかな。

箕輪　あ、それはそうですね。日本にいると、自分が守っている「キャラ」みたいなものがあるので。それこそ、一人でパーティーになんか行かないでしょう、みたいな。

尾崎　みんなから期待されているキャラを、なんとなく引き受けているわけですね。

箕輪　そんな感じです。でも海外に行くと、あ、海外だけでなくてたとえば奄美大島でも同じだったんですけど、そういう世間みたいなものから離れられるので、興味のある場所があったら行ってみようとか、知らない人ともしゃべってみようとか思えるんです。

清水　意外な一面を知りました。

尾崎　英語は話せるんですか？

箕輪　ぜんぜんしゃべれません。でも、向こうの人もけっこう親切なので、（ポーズをとって）

尾崎　「困ったよ」みたいな顔をつくると、助けてくれますね。その「困ったよ」という顔、見てみたいです。日本では絶対見られない顔なんでしょうね。

清水　見たい、見たい。

尾崎　やっぱり海外も経験したほうがいいんでしょうか。

清水　尾崎さん、一人旅できるの？

尾崎　そうなんです。それがそもそも無理です。「こいつ、友達いないんだ」と思われたくない。

清水　こじらせすぎ（笑）。じゃあ、ラーメン屋さんにも一人で入れないね。

尾崎　ラーメン屋、牛丼屋は大丈夫なんですけど、ファミレスはダメですね。待ち合わせ相手に「先に入っていてくれ」と言われても外で待っています。雨の日には、傘をさして。

清水　誰もそんなふうに見てないって。

箕輪　外で待つほうが、疲れませんか？

尾崎　10分でも「一人なんだ」と思われることのほうが、僕にとってはつらいんです。

清水　長生きできるのかなあ、尾崎さん。

尾崎　できない、と思います。

つい言いがちな「頑張れ」の掛け声

清水　はるかちゃんは、誰も笑わないところでネタやったことってある？

箕輪　あります。一番強烈だったのはやっぱり営業で、どこかの企業の会合の賑やかしに、吉本の芸人が3、4組呼ばれて……。

尾崎 それは、いわゆるちゃんとした「営業」ですよね？（笑）

箕輪 そうです、安心してください（笑）。皆さんお酒が入ってて、やっぱり仲間同士で話をしたいじゃないですか。「お前ら邪魔！」という雰囲気でぜんぜん聞いてくれないうえに、「面白くねえよ！」って野次も飛んできて。

清水 そういうときは、コンビでまだよかったと思うよね。

箕輪 そうですね。でもそういう状況でも、先輩のライセンスさんなんかは、無理にネタを聞かせるのではなく、お客さんに質問を投げかけながら交流していて、かっこいいなあ、と思いました。清水さんはピンじゃないですか。ステージで動揺したりしますか？

清水 つい最近あった。ゴールデンウィークに日比谷野外音楽堂で「忌野清志郎ロックン・ロール・ショー」っていう催しがあって。出演者でそれぞれ違う曲を歌わなければいけないから、自分としてはあまり自信がない、陽水さんとのデュエット曲をやったのね。「帰れない二人」ですね。

尾崎 「帰れない二人」ですね。

清水 そう！ で、陽水さんのパートはウケたんだけど、清志郎さんのところになったら、誰かが笑いながら「似てねえぞ！」って。ネット記事に「ジョークを込めたおホメの掛け声が上がる」と書かれてたけど、ステージ上の私は、おホメどころかひとかけらの愛も感じなかったよ……。（笑）

尾崎 愛はないですよ、そんな野次に。

清水 一瞬へコんだけど、そういうときって、もう続けるしかないんだよね。かと思うと、小学校低学年くらいの子に絡まれ続けたこともある。私が何か言うたびに「だから？」って返

箕輪　してくるわけ。しまいにはにっこり笑いながら「しつこいですよ」って言ったんだけど、やめない。（笑）

清水　ステージに出て挨拶した瞬間、前のほうにいた子どもに「ギャー」って泣かれたことあります。まるで、なまはげ（笑）。「ごめんね、トラウマにならないでね」って。

尾崎　子どもはストレートだからねえ。そういえば、時々アメリカから帰ってくる野沢直子は、聞いてないお客さんを叱りつけたらしいよ。「聞け！」って。

清水　それはすごいです。

尾崎　長生きするよね、彼女は（笑）。尾崎さんは、さすがに野次は飛んでこないでしょう。

箕輪　きますよ！　一番イヤなのが、「頑張れー」ですね。

清水　なにかと言いがちかもしれませんね。「頑張れ」って。

尾崎　言っている本人に悪気はないから困る。

清水　ちょっとMCで噛んだりすると、「頑張れー」と声がかかるんです。こっちは必死でやってるんだよ、と思ってしまうし、びっくりするぐらいテンションが下がりますね。

尾崎　ミュージシャンも芸人も、いくら大きいステージに立っていても、けっこう観客の声が聞こえちゃうってのはわかってほしいかもね。

清水　かといって、「力抜けよ！」という掛け声も腹が立ちますけどね。（笑）

人からどう見られるかなんて、気にしない大物になりたいもんですけど。いざとなったら、「困ったよ」ってポーズで切り抜けて。

唯一無二

アンガールズ（田中卓志・山根良顕）

『婦人公論』2019年8月27日号より

アンガールズ
お笑いコンビ。たなか たくし（右）、やまね よしあき（左） ともに1976年広島県生まれ。
2000年に結成。04年に第2回お笑いホープ大賞で優勝し、注目を浴びる。以来、テレビ、ラジオなどで活躍中。

紅茶や苔など多趣味で知られる田中卓志さんと、イクメンパパとして人気の山根良顕さん。二人が揃うと、その佇まいはやはり圧巻です。

ワールドワイドでいくべきか

清水 こうやって近くで見ると、本当に二人は雰囲気が似てるね。

山根 確かに、学生時代に田中に出会ったときの第一印象は、「似とるやつがおる」でした。

田中 でも厳密に言えばぜんぜん違いますけどね。山根はタバコ吸うけど俺吸わないし、山根はお酒飲むけど、俺飲まないし。

清水 そういう違い？

田中 いや、嗜好品に関することってけっこう大事な部分じゃないですか。

清水 そこ、大事なんだ（笑）。山根さんは子どもがいるよね。何歳になった？

山根 4歳です。

清水 じゃあ今は何が好きなんだろう。女の子だとプリキュアとか？

山根 うちはセサミ（ストリート）ですね。

清水 え、意外。ちょっとハイソだね。（笑）

山根 セサミのキャラクターとピコ太郎さんが共演した動画を見ていたので、ピコ太郎さんも好きで。ピコ太郎さんのガチャガチャがやりたいって言うんですけど、そんな形でピコ太郎さんにお金使うのイヤじゃないですか。
田中 なんでだよ。ピコ太郎さん儲けさせてあげようよ。
清水 4歳児にも人気なんだ。ファン層が広すぎる。
田中 やっぱりワールドワイドにいかないとダメですね。下の世代だと、渡辺直美ちゃんも日本と海外で活動を半々にしてる。自分たちが古い人間になってるような気がしてこわいです。
山根 むしろ、海外に出ないとダメ、みたいな空気もあるじゃないですか。「ジャンガジャンガ」とか海外で受けないかなあ。一度も外国人のファンに会ったことないんですよね。
清水 でも、実際に海外に行かなくても、今はネットを通じてなんでもできるじゃない。
田中 確かに、ネタとかを配信するYouTubeのチャンネルを作る、という話はすでに出てるんですよ。ネタに定評のある芸人はみんなYouTubeにチャンネル持ってますから。
清水 焦るね。
田中 焦るし、せざるをえない状況になってきてますけど、そういうのなしでこの先もいけたら、というのが本音だったりもして。清水さんこそ、どうなんですか。
清水 私？　やってないよ。
田中 やばいじゃないですか。チャンネル持ちましょうよ。
清水 私はいいよ。（笑）
山根 モノマネは、一番反応早そうじゃないですか。
清水 そんなことないって。海外で有名な人マネてるならわかるけど、瀬戸内寂聴さんのマネしたって「Ｗｈｏ？」って感じでしょ。

山根　確かに（笑）。そもそも僕らも英語がダメだしなあ。うーん。
清水　山根さんもあまりやりたくなさそうだね。
山根　まあ、海外旅行の一環としてなら行ってもいいですけど。
清水　あははは。なんで上から目線。

僕は根っからの草芸人

清水　そういえばこの前、『アメトーーク！』の「ネタ書いてない芸人」の回に出てたね。
田中　あ、見たんですか？
清水　全5組がネタを書く側、書かない側にわかれるんだけど、山根さんは書かないグループにいながら、どこか気高いというか、プライドすら感じて、めちゃくちゃおかしかった。
田中　そうなんですよ。ほかのネタを書いてない芸人は、クズっぽさ、というか、無理して強がるようなところがあるんだけど、山根だけ飄々としてたでしょう。
清水　腰が低くないよね。ネタは、これまでずっと田中さんだけが作ってきたの？
田中　はい。何度言っても書かないから、もう諦めていたんだけど、たまたま先日、ああいう番組の企画がきたので、ここぞとばかりすべてを吐き出しました。
山根　いや、書こうとは思ってるよ。採用されるかはわからないけど。書けなくはない。書けなくはないけど、ただいいのができるかどうかは保証しない。
清水　さっそくえらそう。（笑）
田中　だから、面白くなくてもいいから、書いてきてほしいわけ。10本ぐらい書けば、その中に

山根 ヒントはあるから。それを拾い上げて、広げたり形にしたりすることはできると思うから。前は1本でいいって言ってたのが、急に10本になった。

清水 話が違う。(笑)

田中 俺はさ、1回の打ち合わせごとに毎回30本ぐらい書いて、その中から厳選した7、8本を持ってきてるわけ。山根の場合、できないんだから、まず50本持ってこいよ。

山根 50本は多いんじゃない？

田中 50本書いて、ようやく1本出るくらいだよ。

清水 でも、10本も書いたことないんでしょ。

山根 ないです。

清水 じゃあムリじゃない？(笑)

田中 俺は19年ネタ書いてきたけど、山根は1年も書いてないんですよ。そんな人が同じ命中率なはずないでしょ。50回投げれば、遠くのバケツに1投入れられるから。

山根 わかった。命中しないけど、投げるよ。

清水 あははは。投げやり。これだけ相方に言われたら、悔しいから鼻をあかしてやろう、めっちゃ面白いのを書いてやろう、とは思わないの？ やっぱり「どうぞ」っていう感じ？

山根 「どうぞ、どうぞ」って感じですね。(笑)

田中 だから、根っからなんですよ。鼻をあかすとか考えるような人だったら、とっくに1本や2本書いてるはずでしょ。

山根 いや、田中のことを本当にすげえな、と思ってるんですよ。感謝の気持ちも伝えてます。

清水　でも、俺がいくらプロ野球選手になりたくても、なれないじゃん。何球投げても。なにそのたとえ。（笑）

田中　でもお前、芸人にはなってるじゃん。面白い人たちが集まっているところで生きてるプロなんだから、自分が面白いと感じたものを拾って書くくらいのことは、できるでしょう。

山根　それができない、19年いて1本も書かないということは、俺はもう……。

田中　芸人じゃない？　なんなんだよ、もう！

清水　あははは。このやり取りがもう十分ネタになってるよ。いつまでも聞いていたいぐらい面白いもん。どっちの気持ちも、痛いほどわかるのが不思議。

田中　面白いとか言わないでくださいよ。俺はね、山根にもっとお笑いのセンスを磨いてほしいわけ。もったいないと思うんですよ。もともと山根の大喜利とか、すげえ面白いんです。

山根　俺は確かに大喜利好きだけど、やっぱりいろいろな人みてきて、すごい人にはかなわないな、ってあるじゃない。

田中　だから、磨いてないでしょ。作家さんに1日1問お題を出してもらって毎日答えをメールで返して、1年続けたら、すごく磨かれたセンスが出てくると思うわけ。

山根　出てくるのかなぁ。

清水　あははは。ずっと暖簾に腕押しなのがいいね。でも山根さん、どうする？　ここまで言われたら、今後はネタを作る？

山根　そうですね。まあ、命中率を期待されても困るけど。

田中　だからぁ、なんで上から言うんだよ。

清水　二人の冠番組はまだないんだっけ？

山根　出身地の広島では、「アンガールズの」って冠がついたラジオ番組をやってます。ずーっと広島カープの話をしてるだけですけどね。楽しい仕事です。

清水　逆に、できればやりたくない仕事ってある？

田中　個人的にやりづらいのは、クイズ番組ですね。最近、国立大学出身というだけで呼ばれることがあるんですけど、クイズは答えてナンボなわけですよ。

清水　まわりと絡んでればいいというわけにはいかない。

田中　1問も答えられないと、いったい俺は何のために呼ばれたんだろう、という気持ちになる。ギャラ泥棒みたいで、帰りにスタッフさんと目を合わせられないですもん。

山根　でも、しょうがないですよね。頑張ったけどできなかったんだから。

清水　また、「しょうがない」って言ったよ。（笑）

田中　そうなんだけど、相手に「申し訳ない」と思えよ。

山根　申し訳ないとは思うよ。でも、しょうがないとも思う。

清水　性格が正反対だよね。でも、こういう感じだと先輩から意地悪されることもなさそう。

山根　それはなかったですね。

田中　ただ、「こわい人」は今でもいますけど。元ヤンみたいな雰囲気の人の前に出ると、どこかで萎縮しちゃう。やっぱり俺らは、生粋のカツアゲされてきた側の人間だから。

山根　学生時代の立ち位置みたいなことから、一生抜けられないのかなあ、と思います。

清水　たぶん、生物的に合わないいんじゃないかな。

田中　そう、ヘビとカエルなんですよ。俺たちはカエルだから、ヘビの前で一瞬ビクッてなるのはもうしょうがない。
山根　一応「咬まないよ」とは言われてるんだけど。
田中　ちょっとずつ目を見ながら、「本当に咬まないのかな」って常に思ってる。
清水　はははは。情けなーい。昔はもっとこわい人がいっぱいいたよ。その人が現場にきた途端、周りの空気がピーンってなるような。

コンビで、足し算以上のパワーに

清水　さっきのネタ作りのやり取りを聞いて、二人は「わかり合った夫婦」みたいだなって思った。ほら、日課みたいに派手なケンカを繰り返してても、絶対に別れない夫婦っているじゃない。今まで解散の危機はなかった？
田中　それはないですね。山根と組む前、背の低い子と凸凹コンビを組んでいたことがあるんです。その頃、事務所にどれだけネタ見せに行っても、作家さんたちが毎回「まあ、もうちょっとだね」っていう感じで。ところが山根と組んだら、まだネタを見せてもいないのに「えぇぇぇ！　君たちどこで出会ったの？」って急激に食いついてきて。
清水　すごいね。何もしてないのに。って、山根さんダイヤモンドじゃん。
山根　俺はただ立ってただけなのに。
田中　ネタをやったら、「けっこう面白いね」って言われて。中身がそれほどグレードアップしていたとは思えなかったから、「組み合わせの力って、こういうことか」と思いました。

清水　確かに唯一無二の組み合わせだものね。じゃあ相方がいくらネタを書かないからって、離れるわけにはいかないね。

田中　もう割り切って、せっせと書いてますよ。

清水　山根さんは安心しきっているんじゃないの？　田中さんに任せておけば大丈夫だ、って。

田中　だから俺がやり過ぎないほうがいいのかなと思うこともあるんですよ。でも、俺は俺で腕を磨きたいから、結局やっちゃう。書いていかないと、うまくもならないじゃないですか。

清水　楽しみに待っているお客さんへの責任もあるもんね。

山根　あと、テレビだと最近は二人がバラバラの仕事も多いので、ライブは唯一コンビでやれる貴重な時間ではありますね。

清水　二人で飲みに行ったりすることは、さすがにないよね。照れくさいし。

山根　はい。それと、目立つのを避けたい気持ちが強いですね。

清水　確かに目立つ！　以前、どこかの空港で二人が一緒にいるのを見かけてびっくりしたもの。

山根　仕事が終わって帰るときでも、わざと離れて歩かないと、「あ、アンガールズだ！」ってなっちゃう。別々なら、ただの「でっかいおやじ」でスルーされるんだけど。

清水　それもコンビの力だよね。一緒になった途端、足し算以上のパワーになるっていうか。

田中　でも清水さんは一人だから、やりたいようにできて、その点は気楽でしょう。

清水　気楽なんだけど、スベったときとか、マネージャーに注意されたときは、いい年して一人でシュンとなるよ。

山根　今さら、マネージャーに何を注意されるんですか？

清水　たとえばテレビ番組で「今日のゲストはアンガールズです」ってなったとき、アンガールズがちょっと苦手だったりすると、顔にハッキリ出てるらしいの。
田中　あははは。それはまずいでしょう。そこはポーカーフェイスでいきましょうよ。
清水　人を押しのけるようなところが、二人には微塵もないよね。天下取ってやる、みたいな。なんだか癒やされるんだよね。ライブは年に何回ぐらいやってるの？
田中　単独ライブが年1回、あと2ヵ月に1回のトークライブです。来年は結成20年なので特別なことをやりたいと思っていて。清水さんも、節目でいろいろやってきたでしょう？
清水　そうね。でも、「何十周年」の看板を立てるのってコツなの。それだけで自分にも「意味のあるライブ」になるから。（笑）
田中　節目でも、きっと山根はネタを書いてこないですけどね。
清水　それでも、田中さんの相方は、山根さんじゃなければダメなんだと思う。だって、大して面白くないネタを持ってきておきながら、「絶対これをやりたい」っていうタイプだったら、一緒にいてきついでしょう。
田中　ああ、それは嫌ですね。……って、変な誘導尋問やめてくださいよ。山根がますます書かなくなるじゃないですか！（笑）
山根　大丈夫。書くよ、書く書く。20周年だしね。
清水　宣言したね。ちゃんと覚えておこう。（笑）

※その後、清水さんはYouTubeで「清水ミチコのシミチコチャンネル」を開設しました！

三四郎（相田周二・小宮浩信）

強運も芸のうち

『婦人公論』2019年9月24日号より

さんしろう
お笑いコンビ。あいだ しゅうじ（右）、こみや ひろのぶ（左）　ともに1983年東京都生まれ。
中学・高校の同級生同士で、2005年にコンビを結成。
以来、主に漫才を中心に活動している。

三四郎さんの独特なかけあいはラジオ番組のフリートークでもおなじみ。清水さんは、二人の番組を興味深く聴いていたとのこと。今日は初対面です。

ようやく、焦りました

清水 三四郎のラジオを聴いてると、小宮さんのトーンに比べて相田さんが妙に落ち着いてるから、二人の波長は合ってるのかな、と思ってたんだけど。

相田 それが、合ってるんですね。中学からの同級生なので、長いつきあいです。

小宮 中1で一緒にサッカー部に入って一緒に辞めて、2、3年はテニス。高校では、フィールドホッケー。ずっと同じ部活でした。

相田 高校のとき、突如フィールドホッケー部ができたんですよ。マイナースポーツならスタメンになれるかな、と思って。

清水 考えたね(笑)。で、どうだったの？

相田 見事レギュラーです。

小宮 でもレギュラー以前の問題で、11人でチームを組むのに、部員は10人しかいなかった。

清水 あははは。試合できないじゃない。

小宮 試合のたびにサッカー部から一人借りるんですけど、その人のほうがちょっとだけ上手でした。

清水　ははは（笑）。それにしても、いままでずっと一緒なんて、よっぽど仲がいいんだね。下積み時代は長かった？

小宮　それはもう。いまはマセキ芸能社にいますけど、養成所は人力舎のスクールＪＣＡで、そこではトップだったんですよ。

清水　疑うわけじゃないんだけど、トップの基準ってなに？

小宮　しっかり疑ってますね。（笑）

相田　月1のライブがあって、最後にお客さんに投票をしてもらうんです。

小宮　それで3ヵ月連続で1位になって、ドランクドラゴンさん以来だよ、なんて言われて舞い上がっていました。ところが、吉本芸人さんたちとの対抗戦で、初めて外の芸人さんを知るわけです。

清水　強豪、吉本。

小宮　3対3の対抗戦で、僕らはＪＣＡのトリで出て、まあまあウケた。でもその後に出たのが、まだデビューしたてのオリエンタルラジオ。「武勇伝、武勇伝」で僕ら、こっぱみじんですよ。心が折れて、そのまま養成所を辞めて、いったんフリーになりました。

清水　え、そんな1回の出来事で辞めちゃったの？

相田　それがもう、すっごいウケ方だったんですよ。楽屋まで爆笑が聞こえてきて。しかも「武勇伝」のネタは始めたばかりだったから、それを聞きたくて来たお客さんじゃない。ああ、こういう芸人じゃないと売れないんだ、と思いました。本当にズタズタにされました。

小宮　ズタズタにされながら、言い訳だけはしてた。「オリエンタルラジオは、漫才じゃなくて

相田　リズムネタだからだよな」。
小宮　次に同期のニッチェが売れたときも、「女性コンビだからね」。
相田　「やっぱ目立つし、ウケやすいよね」。
小宮　でも、後輩のジグザグジギーが、僕らが本戦にさえ行ってない『キングオブコント』の決勝に出たときには、もう言い訳がなくなりました。「あいつらは面白いからな」って。
清水　やっと認めた。（笑）
相田　そこからは焦りましたね。
清水　焦ったらどうするの？　そこまでだって頑張ってきてるわけだから、もっと頑張るのは難しいよね。
小宮　極力、ライブに出るようにしました。ほかの事務所のまだ売れてない芸人と300円くらいずつ出し合って小さな小屋を借りて。そんなライブを、月に25回はやっていました。
相田　先輩のナイツさんが、寄席でとにかく場数を踏んだ、と言っていたので、それを僕らもやらないと、と思ったわけです。
清水　ナイツは先輩の鑑だね。
小宮　でも、借りられるところはどこもちっちゃいし、環境は劣悪だし。一番驚いたのは、阿佐ヶ谷のとある小屋。2階に大家のおじいちゃんが犬と暮らしてるアパートなんですよ。
相田　1階が舞台で、階段を上がると2階が二股にわかれてて、左行ったら楽屋なんですけど、右行ったらおじいちゃんち。

小宮 僕らがわーっとネタをやってたら、階段をトコトコおじいちゃんが降りてきて、「うちの犬が起きちゃうから、ちょっと静かにしてもらえる？」って。

清水 よくやる気が途切れなかったね。

小宮 一番大きかったのは、一緒に頑張っている芸人仲間がいたことですね。だんだん彼らをどう笑わせてやろうか、という感じになっていって。おかげでネタが過激になりましたけど。

車椅子姿でチャンスを摑んだ

清水 チャンスが巡ってきたのは、いつだったの？

小宮 『ゴッドタン』というお笑い番組に出演が決まったときです。

相田 「芸人が選ぶ面白芸人」みたいな企画で1位になって。

小宮 ところが収録の2日前、事件が起こるわけです。終電に乗り遅れそうになった僕が、雨の中、転んで前歯と膝を折って。包帯ぐるぐる巻きの車椅子状態ですから、テレビ出演なんてとても無理になっちゃった。相田に半泣きで電話したら、相田も泣いて。

相田 「出ろよ。ふざけんなよ。ゴッドタンだぞ」って。

小宮 番組のプロデューサーに状況を説明したら、「逆に面白そうだ」って言われて出ることにしたんですけど、当日、実際に会ったら想像以上にボロボロで、「うわっ」って引いてました。

清水 舞台は車椅子で？

相田 そうです。「ど〜も〜」って、僕が車椅子押して出ていくわけです。前代未聞の漫才でし

清水　よ。センターマイクは僕の胸あたりに合わせてるから、小宮はこう斜め上を向いてしゃべるしかない。で、普通に立ってるやつがボケて、歯が欠けてて包帯ぐるぐるのほうが「いや、じゃねーだろ」ってツッコむ（笑）。ツッコむときにどうしても車椅子がクルって回っちゃうから、僕がその度にスッと正面に向け直して、またネタを続ける。

小宮　あははは。もうダメ……。すごい伝説作ったね。気の毒だけど、想像するだけですごくおかしい。でも、何かを狙ったんじゃなくて、自然にそうなったわけだもんね。

相田　現場はちょっと混乱してました。劇団ひとりさんとおぎやはぎさんは、「もしかして、そういう芸風？」「それにしては、歯の欠け方がリアルだね」って。（笑）

清水　「ネタが頭に入ってこねーよ。とりあえず経緯を説明して」ってなるじゃないですか。

小宮　でも、劇団ひとりやおぎやはぎみたいに、わかってくれそうな人たちに見てもらえた運がすごい。まさに怪我の功名。

清水　相田はこんな感じで落ち着いていて、収録でひとこともしゃべらなかったりするんですよ。それなのに20万のベッドを買って。香川真司選手と同じモデルの。いらないですよね。

相田　まあ、いいベッドってそれくらいするんじゃない？　売れた証しだね。

小宮　僕、最近、ようやく一人暮らしを始めたんですよ。それで家具を少しずつ買っていて。ろくに疲労をためてないやつが20万のベッドで寝るなんて。1万で十分でしょう。

清水　でも、小宮さんはキャバクラによく行くって聞いたよ。けっこう高いんでしょう？　ああいうところって。

小宮　まあ、普通は驚くほどではないんですけど、一度ぼったくられたことがありました。四人で行って女の子も四人で、1時間いたら、相田のベッド代くらいの請求書が出てきた。
清水 やっぱりそういうことあるんだ。私だったら、悔しい。
小宮 「これおかしいですよね？」って聞いたら、それまでぺちゃくちゃしゃべってた女の子たちが、一斉に下を向いて、黙っちゃった。
清水 わかりやすい。(笑)
小宮 これベタなやつだ、『アウトレイジ』で見たことあるぞ、って思いました。少しは言い繕えばいいじゃないですか。「うちはいつもこんな感じ」とか、「メロンがけっこうするんだよね」とか。そういうのなくて、急に下を向いてだんまり。黙って払いましたけど。(笑)

東洋館限定の持ちネタ

清水 パーソナリティをしている『オールナイトニッポン』では、1部に上がったよね。
相田 そうなんですよ。午前3〜5時の枠から、1時スタートに移りました。
清水 「昇格」だ。いまが一番楽しいときじゃない？
相田 何より嬉しいのは、タクシーチケットが出るようになったこと。マジでそこを目指してきましたから。
清水 目標が小さいな(笑)。でも、夢が叶った。
相田 ところが、僕らが「タクチケ、タクチケ」って騒いでいたのをラジオ局の上の人が聞いていたらしく、今年から2部でも支給されるようになったんですよ。
清水 せっかく上がったのに、無念。1回、全裸で放送っていうのがあったよね。あれにはかなりびっくりしたんだけど。

小宮　放送の2週間くらい前に、相田が「全裸でやってみたい」って言い出して。ところが、言った当人が風邪ひいて、当日は裸にマスク姿。CM入ったらガウン着て。

清水　ラジオだからわからないのに。しかし、よくそんな変態なこと思いつくね。

相田　まあ、マインドの問題ですね、あれは。「一度裸で向き合いましょう」という。

清水　ほら、まともなトーンで言うから、余計に変態度が増すような気がする（笑）。いずれにしても、あなたたちくらい仲良くないと成立しない企画だと思うよ。さっき話に出たナイツさんには、よほどかわいがってもらってるんだね。

小宮　ナイツさんの流れで、浅草の東洋館とか演芸ホールの舞台に立たせてもらうこともあるので、いい経験はできています。

清水　私も出たことあるんだけど、演芸場の舞台って靴下でステージに上がるじゃない？　靴下姿で人前に出るって、なんとなく落ち着かないのよね。靴を履かないと洋服って決まらないって、はじめてわかった。でも、客層が違うところに出ると勉強になる？

相田　漫才の摑みで、「僕小宮と、相方の城みちるです」「城みちるじゃねーよ」っていうくだりがあるんですけど、普通のライブではぜんぜんウケない。

小宮　若い方には、「城みちる？　誰それ？」ってなっちゃうから。

相田　ところが、東洋館では爆発的にウケるんですよ。舞台が終わったあと、城みちるのつもりで出待ちしてるおばちゃんとかいて、僕は城みちるさんとして扱われます。（笑）

清水　ラジオも無事昇格したし。やっぱり、二人は「もってる」ね。（笑）

スベっても楽しければ

『婦人公論』2019年10月23日号より

ユザーン
1977年埼玉県生まれ。タブラ奏者。オニンド・チャタルジー、ザキール・フセインに師事。インド古典音楽のみならず、多様なジャンルで活動する。東インド料理のレシピ本『ベンガル料理はおいしい』を監修。

レキシ（池田貴史）
1974年福井県生まれ。97年、バンド「SUPER BUTTER DOG」のキーボーディストとしてデビュー。2007年より「レキシ」としての活動を開始、日本史を題材にとったユニークな楽曲で人気を博している。

今回のゲストのお二人、もじゃもじゃの髪に目がいきがちですが……、その話芸に清水さんの笑いが止まりません。

落ちるところまで落ちたら

ユザーン　池ちゃん（レキシさん＝池田貴史さん）、今日はしっかり袴なんだね。

レキシ　もう45歳だから。

清水　もっとお若いかと思ってた。いや、その前に歳と袴、関係ないでしょう。（笑）

レキシ　この羽織の紋は違うんですが、池田家の実際の家紋は、姫路城をつくった池田輝政公の家紋と同じなんです。

清水　さすが日本史を歌にしているだけのことはあるね。

レキシ　岡山の池田家の流れを汲む血筋だと親から聞かされていたものの、どうせ先祖が捏造した話だろう、くらいに思ってたんですよ。でも、このあいだ姫路城に飾られている歴代城主の肖像画を見たら、僕にけっこう似ていて。

ユザーン　へー。そう言われると、なんだか池ちゃんも殿様っぽく見えてくるね。

レキシ　違うでしょ。これは沖縄や北九州の荒れる成人式。（笑）

清水　二人はとても仲いいけど、髪形が似ているのは、偶然？

ユザーン　偶然だと思いますよ。

レキシ　アフロにしたのは僕のほうが早いよね。１９９３年くらいからだから。

ユザーン　僕がはじめて池ちゃんに会ったのはその３年後なんですけど、そういえば、その頃なぜか「インド池田」という名前で活動してたよね？

清水　なに、その名前！

レキシ　活動というか、いまも日本史をコンセプトにした曲を作っていますが、当時からすでに同じようなことをしていて。そのときのユニット名が「インド池田と紙袋たち」だった。

清水　なんでインド？

レキシ　自己紹介するときにウケたくて、「インドから来ました」と言って大スベりしたんです。それ以来、「インド池田」というあだ名がしばらく定着してしまって。

ユザーン　スベるのが好きなのは、その頃からだったんだ。

レキシ　いまも別に好きじゃないよ！　でも、たとえ多少スベったとしても自分が楽しければいいかと思ってるところはある。

清水　わかる。いいスベりってあるんだよ。「インド池田」もあだ名になったのは、みんなの心に爪跡を残せたってことだし。

ユザーン　何年か前にフェスで出演日が一緒だったとき、池ちゃんから「ユザーンが、サングラスかけて幟も持ってステージに出てったら、お客さん一瞬オレと勘違いするんじゃない？　髪形似てるし」って提案されて。これ絶対ウケるよ、って強く言う池ちゃんの言葉を信じて出てみたんですよ。そしたら、客席が静まりかえってしまって。お客さんは、舞台上で何が起きてるのかわからないまま、ただただ困惑していた。

清水　その反応、一番つらいよね。

ユザーン　逃げ出すようにステージを降りました。しばらくしてライブを終えて楽屋に帰ってきた池ちゃんはすごく嬉しそうに「いやぁ、スベってたね！」とか言ってて。

清水　ひどい！（笑）

レキシ　ユザーンがスベり倒した後、ライブはおかげで盛り上がりましたよ。1回落ちるところまで落ちると、人間はその分がんばりますからね。「最初にどん底まで失敗すれば、あとは必ず大成功する」という歴史上の教訓です。

清水　そんな教訓ないよ、もう（笑）。実は私も似たような経験あるよ。「今日は、楠田枝里子さんがいらっしゃってます！」ってMCから振られたあと、楠田さんの声真似でステージに出ていったら絶対ウケる、と言われて。信じて出ていったら、客席はシーン。

初日で後悔した壮絶な「修行」

清水　今日は、アートイベント「あいちトリエンナーレ」から帰ってきたばかりなんだよね。

ユザーン　そうなんです。インド古典音楽の世界には40日間練習に没頭し続ける「チッラー」という修行があるんですが、これを公開するインスタレーションで。面白そうだし、練習もいっぱいできるからいいなと思っていたんですけど、実際やってみるとめちゃくちゃ大変で……。そもそも練習って、できないことを繰り返しやるものじゃないですか。

清水　そうだね。

ユザーン　そんなこと、人前でできないんですよ。来場者には練習だとか本番だとかそんなこと

レキシ　は関係なくて、ミュージシャンの演奏を楽しみに来てるわけだから。そのことに初日で気づいて、以降は結局1日中ソロライブをすることになってしまった。

清水　僕、ちょうど半分の20日目に陣中見舞いに行ったんですけど、みんな微動だにせず真剣に見てて。ライブならお客さんも体を動かしたり拍手したりできるんだろうけど、あくまで修行だから。見ているこっちが恐ろしくなって、部屋に入れませんでした。

ユザーン　じゃあ、メンタルも大変だ。

清水　本当にきつかった。1日10時間の修行時間の中で一般公開されているのは8時間なんですが、その8時間ずっと見ている人もいたし。

レキシ　すごいファンだったのかな。

ユザーン　そういえば、ユザーンは一番人気の企画だったらしいです。

レキシ　いや、クーラー完備の室内展示が僕のところぐらいで、みんな涼みに来てたらしい。でも、のべ1万2500人くらい来場してくださったみたいで。お二人がよく公演をしている武道館の収容人数と同じくらいかな、と嬉しくはなりました。

ユザーン　それはもう、立派な武道館アーティストだよ。

清水　武道館埋めるのに320時間もかけちゃ、効率悪すぎでしょ。（笑）

ユザーン　その修行は、あくまで展示の一環なんだよね？

そうです。それにしてもしんどかったな。芸術監督の津田大介が「会期中、ずっとどこかで音楽が鳴っているような芸術祭にしたい」と話していたのを聞き、つい「それ僕が一人で担当するよ」と提案してしまったときのことを、初日から後悔してました。

清水　もう二度とやらない？

レキシ　ギャラを積まれたら？

ユザーン　うーん、今回の3倍なら……って、そういうこと言わせようとするのやめてよ。（笑）

レキシ　ユザーンは基本的に練習が好きだよね。

ユザーン　うん、練習は好き。清水さんはピアノの練習はどうしていますか？

清水　最近やってない。集中力が続かないから、長くても1時間が限界だと思う。それにいくら練習しても、もうこれ以上うまくならないのがわかってきちゃって。

レキシ　あと、年齢がいってから始めると、難しいですよね。でもユザーンがタブラを始めたのって、18歳なんですよ。18から始めた割に、上手だよね。

清水　子どもの頃からタブラやってる人、知らないくせに（笑）。毎年、インドの師匠に習いに行くみたいだけど、どういうふうに教えてくれるの？

ユザーン　基本は口伝です。先生が音を言葉で表現するので、覚えて演奏する。それを聞いて音のニュアンスやリズムの取り方を注意してくれたりする感じです。でも、質問をしても肩すかしみたいな回答が返ってくることが多くて。「音量を上げるにはどうしたらいいか」と聞いたら、「いいマイクを買いなさい」と言われたり。

清水　あははは。毎回、どのくらいインドに滞在するの？

ユザーン　長いときでは、丸1年いたことが2回ほどあります。池ちゃん、何度インドに誘っても絶対に来ないよね。

レキシ　お腹が弱いからさ。1日一度はお腹壊してるし。

清水　私も行ったことなくて。ずいぶん前の話だけど、さくらももこさんがインドに行ったら、ホント大変だったって言ってた。駅の方角を聞くと、みんながそれぞれ違う方向を指すから、信じているといつまでも駅に辿りつけない。

ユザーン　そうなんです。インドの人って「知らない」ということがなぜか言いにくいみたいで。

清水　ももこさん曰く、役に立ちたい気持ちが勝って、「知らない」が言えないいんじゃないかって。

ユザーン　インドに行き始めた頃は、僕もびっくりすることが多かった。電車に乗っているときにペットボトルの水をちょっと脇に置いたら、隣の人がいつのまにか飲んでたり。

レキシ　それは「盗った」って言うんじゃないの？

ユザーン　いや、盗ったつもりは全然ないんだと思う。最初はさすがに「僕の水を飲んでいるあなたは誰ですか」って聞いたよ。でも、インドではそれが普通だということが徐々にわかってきて。

レキシ　「ちょっとお醤油切れてるわ。貸して」みたいなのと同じ感覚かな。

ユザーン　うーん、ちょっと違うかな（笑）。だいたい隣人に醤油を借りに行くことなんてなくない？　あ、でも昔、教育実習の申し込みに行くときにネクタイの締め方がわからなくて、向かいの家の人にやってもらったことはあるな。

レキシ　じゃあ、ユザーンにはもともとちょっとインド気質があったんだね。（笑）

清水　確かに、日本人にない概念だから「向こうでは普通」と言われたらそれまでだけど、よく水を勝手に飲まれて怒らないもんだね。

ユザーン　いや、怒ることもありますよ。僕は普段、あまり怒りっぽいほうではないですけど、インドでは怒らないと物事が進んでいかないいんです。「お釣りがないからって、お釣りと同額の商品を渡そうとするのはやめてもらえますか」とか「注文したのと違う料理を持ってきたあなたのほうが、なぜ『ノープロブレム』とか言ってるんですか」とか。

レキシ　言わなかったら、そのまま進むってこと？

ユザーン　そう、押し切ろうとするんだよね。タブラ屋から、注文したのと違う音程の楽器を渡されて「このキーじゃないんだけど」と文句を言ったりしても、「いや、でもこれすごくいい音だぜ。これで大丈夫」とか言われたり。

清水　私、ダメかも。インド行ったら1日中ムクれてると思う。レキシさんは、全然怒らなそうな気がするね。さっきから私がいくら突っ込んでも、怒らないし。

レキシ　そうね、確かに普段から怒らない。でもさすがに僕もインドで暮らすことになったら、人生の修行レベルかもしれない。

ユザーン　本気で怒らなくていいんですよ、自分が疲れるから。怒っている演技はしながらも、内心は平安を保つようにしておかないとメンタルがやられる。

清水　なるほど。

ユザーン　ミュージシャンのマネージャーをしている人たちなんかも同じなんじゃないかな。担当ミュージシャンに怒っているフリはしているけど、実はたいして怒っていないとか。あ、逆に怒っていない素振りで内心は煮えくり返っているような場合もあるか。

清水　物事を円滑に進めるための技だね。私はイヤなことがあると、あとでマネージャーにグチる。

レキシ　この鼎談が終わったあと、「あの髪もじゃ二人、なんなの？」とか、こぼされないかな。

ユザーン　髪形と言えば、清水さんはこういうキツめのパーマをやったことあります？　いまもそれ、軽くパーマかけてますよね。

清水　これは違うんです。もともと直毛だったのに、出産したら頭の毛穴がバカになったのか、変にズレたらしいの。だからいまはパーマかけてないのに、自然と髪がくにゃっとなる。

レキシ　えっ、そんな話はじめて聞いたんですけど。出産で髪質が変わったんじゃなくて、毛穴がズレるの？　医者に診断してもらったの？

清水　私の髪の毛は「まっすぐ伸びたい」って言ってるのよ。でも毛穴がズレたから、仕方なく曲がる。私の勘だけど。

レキシ　勘って（笑）。何を適当なこと言ってるんですか。

清水　いや、私が生やしてる髪なんだから私が一番よく理解してる。とにかく、あなたたちは人工的に髪をヘコヘコさせてるけど、私は違うから。

レキシ　そこまで言われたら、もう僕たち何も言い返せない。（笑）

ユザーン　「人工的に髪をヘコヘコさせてる」って、とんでもないパワーワードですね。

この三人でステージに上がったら

清水　レキシさんは、フィーチャリングしてるアーティストがたくさんいるから楽しそうだね。

ユザーン　そうですよね。松たか子さん、椎名林檎さん、三浦大知さん、斉藤和義さんとか、驚くようなゲストの名前がリリースのたびにあがってて。

清水　豪華だなあ。

レキシ　ゲストの皆さんがいらっしゃらないと、僕だけではとても成り立ちませんから。

ユザーン　以前、レキシの武道館2日公演があったんですよ。あんなに豪華なゲスト陣がＣＤに参加してると、お客さんも期待するじゃないですか。でも両日ともなぜかゲストが僕だけで。２日目に僕を呼び込む際、「昨日のゲストはユザーンだったけど、今日はいったい誰が来るでしょうか！」って池ちゃんが客席を煽るの、すごく出にくいから本当にやめてほしいと思った。しかも、段ボールで作った甲冑を着せられて、マツケンサンバを踊らされて。

清水　あははは。そんなこと、頼んだらやってくれるんだ。

ユザーン　清水さんは、振られたことはなんでもやるほうですか？

清水　客席がヘンに盛り上がって無茶振りされることがあるけど、ノリでやっちゃうと大事故になるから、「できるか！」と大声で言うようにしてるかな。

レキシ　三人で共演して、ステージ上で無茶振りし合うというのは？

清水　いいね。やってみたい。

ユザーン　やるんなら、池ちゃんが真ん中にいて仕切るのがいいだろうね。

清水　話を聞くのも、喋るのも、無茶振りもお手の物だからね。

レキシ　じゃあ、相撲の行司の格好しようかな。木村庄之助風に、烏帽子にもじゃもじゃをちゃんと収めて。（笑）

夢の中へ

『婦人公論』2019年11月26日号より

みなみ かほ
兵庫県生まれ。84年、短大在学中に映画『伽倻子のために』でデビュー。以降、映画やドラマ、舞台などで活躍する。

きくち ももこ
東京都生まれ。84年にデビューし、映画やドラマ、ラジオなどで活躍。2012年に法政大学大学院政策創造専攻修士課程修了。戸板女子短期大学客員教授も務める。

50代女性がセカンドライフを模索する姿を描いたドラマで、清水さんは菊池桃子さん、南果歩さんと共演しました。今日は久々の再会を……。

芝居に言葉の壁はない

清水 お久しぶり。お二人と会うのはドラマ『定年女子』の撮影以来だから、2年ぶりだね。

菊池 あの現場、明るくて楽しかったー。

清水 キャストの女性たちが、みんな同世代で仲良かったからね。雰囲気のよい現場って、作品に出るものなの？

南 出ると思う。「役柄だけじゃなくて、ホントに仲良かったでしょ」って言われたもん。

清水 あの時、果歩さんとは初対面だったんだけど、話を一生懸命に聞いてくれる人だなと思った。「演技のレッスンを受けてる」と言ったら、「どういうところに通っているの？」「なんでレッスンを受けようと思ったの？」ってたくさん質問してくれて。

南 実は私もね、この間LAでアクティングクラスを受けてきたの。それがすごく面白くて。

菊池 でも、レッスンは英語でしょう？　大変そう。

清水 「ｗｏｗ！」って驚く練習とかするの？

南 違う違う（笑）。セリフをもらって演技をするから、基本的には現場と同じなんだけど、私に与えられた課題は映画『クレイマー、クレイマー』で、ダスティン・ホフマンとメリル・ストリープがカフェテリアで語り合うシーン。家出していたメリル・ストリープ演じるジョアンナが、久しぶりに再会した夫に「私はいつも誰かの妻であり、母であり、娘だった」と振り返る。

菊池 心に染みるセリフ。

南 でしょ？　１９７０年代に、すでにこういうセリフがあったと感激するよね。まあ、当時はアメリカでも早すぎたのかもしれないけど。

清水 英語のセリフに気持ちなんて込められるもの？

南 わかりやすい文体だったということもあるけど、世界中の女性にとって共通の気持ちだから。芝居って言語じゃないんだと実感したの。

清水 でも、時には言いたくないセリフもあるよね。私、またドラマに出ることになったんだけど、すごく威張ってる女性の役で。「有名大学を首席で出たのよ」みたいなことをしょっちゅう言わなきゃいけない（笑）。そんな嫌みな自慢をする人、あんまりいないよね。

菊池 いますよ、そういう人。まわりにいっぱいいる。（笑）

清水 じゃあ自分とかけ離れた人を演じる時って、どうしてるの？

菊池 私だったら、普段絶対に口にしないようなことを言えるチャンス、と思う。

清水 私はたぶん、それをモノマネでやっちゃってるんだよ……。

南 ああ、そうか。そういうことね！

清水 モノマネの場合、好きな人のマネを、好きなふうにやっているから気持ちいい。でも、芝居で演じるのは全然知らない人だから、ふと客観的な自分が出てきて、「私、いったい何

菊池　やってるんだろう」ってなっちゃう。たぶん、照れなのかな。

清水　不思議だな。ミチコさんのステージパフォーマンスはあんなに大胆で面白いのに、演技だと恥ずかしくなっちゃうのね。

南　モノマネは「私はあの人を演じているんですよ。これは私じゃないですよ」という隠れ蓑があるからね。そういえばナイツの塙（宣之）さん、最近出ていたドラマでの演技を「棒読みと言われた」って気にしてた。

清水　あははは。お笑いの人って演技が上手な印象があるけど。

南　コントはお芝居みたいなものだしね。ただ、塙さんも私と同じなんじゃないかな。ネタで口にするのは「言いたい」「笑わせたい」という、下心があるセリフ。自分が言いたいと思っていない言葉を口にすると、照れくさくてしょうがないのかもしれない。

清水　塙さん、悩んでるの？

南　すごい悩んでた。24時間、ドラマ見てるらしい。で、「オレより下手な人を探してる」って。（笑）

菊池・南　あははは。

清水　塙さん、かわいいね。自分の中に「こうしたい」っていう目標がちゃんとあるんだ。

南　いや、どうだろ。「棒」って言われたくないだけでしょう（笑）。これは聞いた話なんだけど、芝居が本業の人は、たとえば「このたびはご愁傷さまでした」という言葉を躊躇なく言えるんだって。二人ともそう？

菊池　え、どういうこと？

清水　私たちは、日ごろ使い慣れない、しかもちょっと義務を感じるようなフレーズは、うまく言えないものなのよ。周りに聞かれてると思うと、よけいにね。「ごしゅぅ……でした」って、ごにょごにょ言う人のほうが絶対多いと思う。でも俳優業の人は、「言わなきゃいけないセリフ」ははっきり言えるんだって。

菊池　私、はっきり言えるかも。いつのまにか言えるようになったのかなあ。

清水　だから、私が葬儀でごにょごにょ言ってたら、「ご愁傷さまでした」と言いたいんだな、と察してちょうだいね。

南　面白いね。考えたこともなかった。

清水　こういうのも、照れの一種なんだと思う。果歩さんは、演技中に我に返ったりしない？

南　それは、ない。私の場合、演技中の現実と虚構の境は曖昧で、そのグレーゾーンを進むような感じなの。このゾーンは案外太くて、その中をふわふわわーって進むみたいな……。

菊池・清水　へー……。

南　やだ（笑）。桃ちゃんは、どうなの？

菊池　あまり分析して考えたことないかな。でも確かに、現実に近づくとやりづらい。「私」が出てきちゃうから。カツラを被ったり、思い切り扮装した役のほうが自分を消しやすい、というのはあるかな。

南　ミッちゃんが、演技中に自分のことが気になるのは、個性が強すぎるせいだと思う。

清水　確かに、自我が強いのかもしれない。だから、自信たっぷりな人がうまくできないのかも。

南　たぶん、そういう人が好みじゃないんでしょう。ミッちゃんは、好きな人を演じたいんだと思う。

清水 モノマネでも、嫌いな人はやりたくない。だから、できたら「この役じゃないのをください。私はこんな役がいいんです」って言いたいけど、もし言ったらすぐクビだわな。（笑）

南 でも、自分とかけ離れた人を演じるのは楽しいよ。汚い言葉もはけるし、日常生活では絶対できないことができるじゃない。裏切るとか殺人とか（笑）。普段は社会的なルールや理性の中で生きなきゃいけないけど、芝居ではそれが全部取っ払われる。自分との距離があるほどワクワクするし、発見も多いよ。

清水 そうか。心の中の「旅行気分」みたいな感じなんだね。

菊池 私もいろいろな役をやるのは好きだけど、追い詰められる役をやると、私生活に影響が出ちゃうということが、最近わかって。

南 どんな役だったの？

菊池 連続殺人鬼に殺される役。台本をもらってから、もう憂鬱で憂鬱で。

清水 もう始まってるんだね、役が。

菊池 しっかり殺されて、そのあとに遺族に悲しみを残さないといけない役だから、ちゃんとやり遂げようと思ってたの。でも、殺される何日も前からどんどん気分が暗くなっちゃって。うー、はっ、殺される、追いかけられる……って（笑）。その一方で、お弁当つくったり、洗濯したり、お母さんとしての毎日もあるわけで。

清水 どこかで、役が一緒に生きているんだね。

南 ミッちゃんは「苦手」と言いながら、なんでまたドラマに出てみようと思ったの？

清水 『定年女子』の撮影が楽しかったから。果歩さんを見てると、芝居してるのが幸せっていうのがすごく伝わってくるんだよね。だから、私も早くその境地にいきたい。

ずっと昔の出会い

菊池 果歩さんは、デビューの時からお仕事楽しかった？

南 まさか！　私は19の時、『伽倻子のために』という映画のオーディションがきっかけでデビューしたのね。原作も監督も好きで、「この映画に出るために私は生まれてきたんだ」くらいの気持ちで受けて拾ってもらったけど、当時は毎日が一杯一杯で余裕がなかった。

菊池 ちょっとわかる。台本以外は邪魔っていうか。

南 一夜漬けでテスト勉強したあと、みたいな感じね。20代前半までは、セリフ以外の文字を入れたくなくて、仕事中は新聞も小説も読めなかったの。

菊池 私はスカウトされて、ポンとこの世界に入った人間だから、ずっとそれがコンプレックスだったの。オーディションとかでこの世界に入ってきた人たちと一緒に仕事をするには、最初の決心やモチベーションが甘いから、気持ちのうえで負けちゃうと思って。

南 でも、この世界に入る決意は自分でしたわけじゃない？　十分だよ。

菊池 さほど大きな決心をしたわけではないの。最初の映画も、「見学に来ました」くらいの感じで撮影してて。だから、こんなに長く仕事を続けていることに、自分でビックリしてる。

清水 何年目？

菊池 36年目。

清水　謙虚だなあ。私より先輩じゃない。

菊池　昔、ラジオ番組でパーソナリティをしてた頃、ミチコさんがゲストとして来てくれたことがあって。「とにかく盛り上げてくれる、面白いお姉さんが来るから」ってプロデューサーさんに言われて。黒柳徹子さんとか、たくさんモノマネをやっていただきました。

南　すごい！　そんなことあるのね。ミッちゃんは覚えてる？

清水　もちろん覚えてる。ただ私は、「ものすごくきれいな女の子だなあ」と、そのことにびっくりしてた。あまり人の顔をジロジロ見るの、失礼でしょ。だから見ないように気をつけるんだけど、どうしても目が……。顔がこうなってるのかって、そればっかり。（笑）

菊池　でもあの時、ただの高校生です。当時の私はただの恥ずかしがり屋だったから、こういうお姉さんみたいにならないといけない、と思った。

南　ほんといい子だね。じゃあミッちゃんは、その頃からモノマネをしてたんだ。

清水　最初は、ラジオのコント番組に放送作家兼出演者みたいな感じで出てたの。だけど、「これは面白いぞ」と時間をかけて書いた台本より、ちょっとモノマネを入れたネタのほうがずっとウケるし、リスナーの反響もいい。こっちを伸ばしていこう、なんて思っているうちに、いつのまにかモノマネのプロみたいになっちゃった。

南　それなのに、人前で演技をすると照れが出ちゃうのか。

清水　モノマネは好きだけど、もともとは一人で楽しんだり、友達に見せたりするだけだったでしょ。ラジオは苦もなくできたけど、テレビやステージでは、「顔を晒す」ってことがこんなにも自分を硬くするものかとびっくりした。

南　みんな同世代だからわかると思うけど、若い頃は集中力があったから、台本も1回読めば覚えられたじゃない？　最近、ものすごく時間がかかるようになっちゃって。寝て起きたらきれいに忘れてるし、イヤになっちゃう（笑）。桃ちゃんはどうやって覚えてる？

菊池　とにかく何回も口に出す。

南　そうだよね。一緒だ。

清水　私はカレンダーの裏に、すごいデカい字で書いて、壁に貼ってるよ。

南　受験生みたいだね。

清水　というより、まるで社会に不満があって怒ってる人の家、みたいになってる。（笑）

菊池　前に、あるドラマの控室で、「1回台本を読んだら、自分のセリフだけじゃなくて、ほかの人の分も含めたすべてのセリフが頭に入るマシーンがあったら、いくらまで出すか」という話題で盛り上がったことがあるの。

南　買いたいわ、それ。

菊池　でしょ。最高額は5000万円までついたの。いっそ開発したいと思っちゃった。この先、ますますセリフが覚えづらくなっていくのかな。

南　でも生きている限り、最後までできるのがこの仕事の魅力でもあるよね。『定年女子』でご一緒した草笛光子さんは、本当に素敵な方だったね。憧れる大先輩。

清水　威張らないし、真面目な顔してふざけるし、とにかく気品があったもんね。

菊池　みんなでお話を聞きにいったよね。果歩さんが「光子の部屋だね」って。

清水　紙コップとペットボトルのお茶を持って、草笛さんの周りを囲んでね。

南　後輩たちに優しくて、折に触れてアドバイスもくださって。最終回を撮り終わる前には、「乾杯しましょうよ」ってシャンパンを持ってきてくださった。最後のほうのシーン、私、ちょっとお酒入ってる。

清水　クランクアップがバラバラだと、三々五々別れちゃうもんね。

南　素敵な先輩シリーズで言うと、時々、電話をくださるのが浅丘ルリ子さん。「果歩ちゃん、いいわよ。今見てるわよ。またね」って。すぐ切っちゃうの。泉ピン子さんには色んな相談をさせてもらってる。すごく勉強家で、「面白い芝居だから、これ見たほうがいいわよ」とか、これ美味しいわよって色んな物を送って来てくださったり。

菊池　それは嬉しいですね。

南　現役で素敵な先輩がいてくださることで、自分の未来が楽しみになってくるし、やり続けてらっしゃる姿は本当にかっこいい！　ミッちゃんは、いくつまで続けようとか考えてる？

清水　占いの人に「体が動かなくなっても、好き放題言ってる」と言われたことがある。でもお客さん、笑えないよね。（笑）

南　「あたしの舞台を、お客さんが待ってるんだよ」なんて言ってそう。いいね。

菊池　私もこの前、手相をみていただいたんです。そしたら、98まで仕事をしているって。

南　すごい、桃ちゃん。

菊池　「うそ！」と思ったけど、98歳まで続けているとしたらやっぱり女優の仕事なのかな。

清水　じゃあ人生１００年、三人とも最後までこの仕事を続けるということで。長いつきあいになりそうだなあ。（笑）

ミーハーであれ

中園ミホ 林 真理子

『婦人公論』2019年12月24日・2020年1月4日合併号より

なかぞの みほ
1959年東京都生まれ。日本大学藝術学部卒業。広告代理店勤務、占い師を経て脚本家に。代表作に連続テレビ小説『花子とアン』、大河ドラマ『西郷どん』がある。2013年に橋田賞、向田邦子賞を受賞。

はやし まりこ
1954年山梨県生まれ。日本大学藝術学部卒業。86年『最終便に間に合えば』『京都まで』で直木賞、95年『白蓮れんれん』で柴田錬三郎賞、98年『みんなの秘密』で吉川英治文学賞を受賞。2018年、紫綬褒章受章。

大ヒットシリーズの生みの親である中園ミホさんと、共にさまざまな作品を作り上げてきた盟友・林真理子さんが、今回のゲストです。

これまでに何人も潰してきた⁉

清水 お二人は、長く親しい関係を続けてらっしゃいますよね。

林 私の『不機嫌な果実』という小説が、中園さんの脚本でドラマ化された時からだから……。

中園 もう20年以上ですね。

林 清水さんも、ついに中園さんの『ドクターX』に出演なさって。観てますよ。海外で学位を取るほどの優秀なドクターでありながら、夫と子どもにも恵まれているという。

清水 そう、まったく私の役じゃなさそうでしょう。（笑）

中園 あの「浜地真理」という女性は、大門未知子の対極にいる人。仕事も私生活もすべて「勝ってきた」人、というイメージで考えたんです。私、昔から清水さんの大ファンだったし、浜地真理のキャラクターをセリフに込めたいってすごく思っていて。ドラマの記者発表の時、思わずパーティションの裏で、清水さんに「ファンです」と告白しちゃいました。やっと会えた、と思って。

清水 そんなふうに言ってもらえて嬉しい。ありがとうございます。

中園 昨日ね、演出家の人が「清水ミチコの吸収力はすごい」と言ってましたよ。回を重ねるご

清水　とに、別人のようにうまくなっているって。
中園　ほんとに？　よかったー。1回目のオンエアの後、ネットでけっこう叩かれたんですよ。部屋でひとり、必死に練習した甲斐があった。
清水　私、その時、演出家にちょっとイジワルなこと言っちゃった。「きっと清水さんだから、誰かうまい女優さんのマネしてるんじゃない？」って。（笑）
林　あははは。中園さんは脚本を書く時、役名も占いで決めるって本当ですか？
中園　浜地真理も、すごい名前よね。
清水　画数がとてもいいんですよ。今日は事前に清水さんの運勢を見てきたんですが、嬉しいことに、清水さんと私の相性がよくて。清水さんが男の人だったら、恋に落ちるような感じ。
中園　やった、それは将来安泰だ。（笑）
清水　すごく頭のいい方なのに、天然。2つの極端な性格が入り混じって共存しているのが、面白いですね。たとえば、真面目なのに、ふざけたりもする。正義感が強くて頑固だけど、曲がったことも大好き、みたいな。
中園　確かに両方ありますね。
林　才能も運もとても強いものを持っていて、これまでにライバルを何人も……。
中園　蹴落としてきた？（笑）
清水　潰された人たちは、当然清水さんを意識しているんだけど、清水さんからすれば自由に振舞っていた結果、そうなったわけで。
清水　モノマネの被害者たちのことかなあ。全然覚えがない。

中園 無自覚だから、よけいに罪深い感じがしますね（笑）。人を分析する目も鋭いです。なのに、すごくロマンチックなところがあって、かなりの恋愛体質。

清水・林 えっ⁉

中園 既婚者の清水さんには言いにくいけど、1回の結婚ではおさまらなさそうなんですよね。色っぽい星が3つくらいあるんです。

清水 ほんとですか？　まだ何かあるのかな……。老後の楽しみにして長生きしよう。中園さんは、ご自身のことはどうやって占うんですか？

中園 四柱推命は自分で見れるんですよ。だけど自分で見て悪いものが出た時は、霊感のあるほかの占い師のところにいって励ましてもらう。私には霊感はないので。そういう気の弱い占い師もいるんです。

清水 林さんのことも占ってらっしゃると思うんですけど、どんなふうに出てるんですか？

中園 真理子さんはずーっと、エロい線が出てるんですよ。

清水 私と一緒じゃないですか！

林 でも、なんにもないのよ。

中園 毎年「不倫に気をつけて」と忠告してるんだけど、どうも書くことで、全部使い果たしちゃってるみたい。

林 なんにもない。それに歳を取ってくると、もうわからなくて。みんながどういうことをしてるのか……。

清水 そんなわけはないでしょうけど。（笑）

林　ほんとよ。だから小説を書きながら、男友達に「こういう時はどうするもの？」って、思いっきりエロいことをＬＩＮＥで聞いてますよ。そうすると、向こうは喜んで返してくるから、長いエロＬＩＮＥのやりとりが続くんだけど。今までは調べなくたってなんとなく書けてたのに、歳を取ったらすべてが遠くにいってしまって、想像だけじゃ書けない。

中園　こんなことを言いながら、真理子さんは夫に毎晩、ごはんをつくってるんですからね。信じられないでしょう。天下の林真理子に、「メシはどうするんだ」とかおっしゃるらしいですよ。

清水　エッセイでもおなじみの。

林　土日に出かけようとすると、すごくムッとされるのよね。でも清水さんだって、夫のごはんはつくるでしょう？

清水　つくりますね。でも、自分好みのものをつくることが多いから、「夫のために」という意識はあまりないかも。

中園　でも私は、こちらのご主人の見かけがタイプなんですよ。

林　最近私たち、男性の好みがズレてきたよね。

清水　昔は一緒だったの？

中園　そう。１００人くらい男性がいるようなパーティー会場で、私が「あの人すてきだな」と思うと、真理子さんが「いい」と思う人も一緒なんですよ。

清水　それは見た目？

中園　……と、醸し出す雰囲気。

林　ある時テレビを見ていたら、外務省の局長だかそういった人が映って、「あ、タイプの顔」と思ったの。そしたら、彼女も同じことを言ったんですよ。あの時はびっくりした。

中園　それで合コンしてみたら、話がつまんなかったんですよね。だから醒めるのも一緒。（笑）

よく向田さんの夢を見ていた

林　昨日は、いいことがいくつかあって。あるイベントに行ったら、サプライズでユーミンさんが出てきて歌ったの！　ユーミン、私と同い年なんですけど、本当にカッコよかった。歌い方が変わっても、「自分がつくった歌なんだから、自分の好きなように歌う」という、あの姿勢もいいよね。第一、スタイルがいいのよ。腰が細かった。

清水　そういえば林さん、ユーミンさんのライブに出たことありませんでしたっけ。

林　あります。しかも、歌いました。ユーミンのピアノ伴奏で、「赤いスイートピー」を。

清水　普通、みんな震えあがって遠慮するのに（笑）。私はいつも他人の歌ばかり歌っているので、ユーミンさんみたいに、「自分がいなくなっても、歌が残ればいい」と言ってみたい。

中園　ユーミンさんの歌は、確実に後世に残るものね。

清水　お二人とも、作品が残るからいいですよね。

中園・林　残らないですよ！

林　いやいや、『ドクターX』は残りますよ。

清水　知り合いがフランスに行った時、飛行機の機内で1局だけ日本の番組専門チャンネルがあって、そこで『ドクターX』を放送してたって言ってました。

中園 それは日本のチャンネルとして流していたんでしょうけど、バリに行った時に、インドネシア語で私の『やまとなでしこ』というドラマが放送されていた時は、確かにとても嬉しかったです。

林 ドラマと違って、本は残らないですよ。瀬戸内寂聴先生だって、「本なんて作家が死んだら、次の年からなくなるわよ。私のもので残るのは、『源氏物語』の訳だけよ」とおっしゃってたもの。

清水 クールなんですね。

中園 向田邦子さんは、引っ越しの際、自分の脚本は全部捨てていたそうです。放送は流れて消えるものだからって。あとでみんなは嘆いたらしいけど、そういう人の作品が、後世に残るのかもね。狭い家なのに、デビュー作から全部台本とってある私なんて……。

清水 向田さん、お好きだったんですよね。

中園 本当に憧れていたから、よく向田さんの夢を見ていた時期があって。ある時、盛岡のボーイフレンドに会いに行った帰りに新幹線で寝ていたら、突然、新幹線ががたっと止まって目が覚めたの。その時、ちょうど向田さんと旅している夢を見ていて、向田さんも私も鞄を持って、一緒に雲の話をしてるんですよ。それがすごく嬉しくてね。家に着いたら、向田さんが亡くなったというニュースが入ってきた。

清水・林 えー！

林 あなたに、向田さんが乗りうつったのかもしれないね。

中園 いえいえ、あの方は51歳で亡くなって、私はもうその年齢をはるかに超えてしまったのに、

林　まだ何も追いつけてないから。

清水　時代が違うもの。テレビが苦しい時代に、これだけのヒット作を飛ばしてるじゃない。私もそう思う。みんなで試行錯誤してあがいて、もうこれ以上がんばっても視聴率は上がらないものと思っている時に、中園さんの存在は大きいと思う。それにしても、中園さんは霊感がないって言いながら、十分ありそうなエピソードだね。

ちょっと小出しで出たい時には

中園　真理子さん、さっき「いいことがいくつか」って言ってたけど、ほかにはどんないいことがあったんですか？

林　銀座のクラブから、寒中見舞いにおっきなお赤飯が届いたの。

中園　そういうものが届くくらい、銀座でお金使ってるってことですよ。

清水　へー。なんだかリッチな話。

林　東日本大震災後のチャリティーで、銀座のクラブで一日ママをしたことがあるんですよ。ママになってみたいっていう人、けっこういるのよね。そういう人たちと一緒に、1ヵ月間。黒木瞳さんや中瀬ゆかりさんもやってくれて。お店も20時までなら貸してくれるというので、お客様には一人2万円払っていただいて、みんなで1600万円稼ぎました。

清水　一人2万円って、相場なの？　むしろ安いの？

中園　すっごく安いんです。

林　銀座のママたちが使っている美容院も紹介してもらって、あの独特の髪形にするんですよ。

中園 それで、歩いている時に黒服の人から「ママ、おはようございます」なんて言われるでしょ。もう、すっごく嬉しかった。

林 私はお客として行ったんですけど、確かにイキイキしてましたね。客あしらいも上手で。

中園 そうなのよ。私、天職かと思っちゃった。（笑）

林 真理子さんは人前に出るのが好きで、お相撲を一緒に観に行くと、「升席はテレビに映らないからつまんない」なんて言うんですよ。

清水 あははは、おかしい。

林 そんなふうに言った？

中園 砂被り、大好きじゃない。私はテレビに自分が映ってるかと思うと緊張して居心地悪いし、升席で飲みながら観たいのに。

林 私、テレビ番組からオファーがあっても、最近あまり出ないようにしてるの。あとで、ネットでいろいろ言われたりするから。ブログもやめたし。

清水 しょげますよね。

林 だけど、「ちょっと小出しで出たいな」という時は砂被り。

清水・中園 （爆笑）

中園 あと、お葬式に行くと「私のことをカメラがスルーした」とか言うじゃない。

林 違う違う。それは語弊があります。有名人のお葬式や結婚式に行くと、報道陣が参列者の写真や映像を押さえるじゃない。私が通ると「どうする？　一応、押さえておくか」といった感じで、力なく写真を撮るのよ。あの感じが、すごくイヤなの。

清水　あははは、わかるわかる。
林　清水さんの場合、そういうことないでしょう？
清水　いや、わかります。力ない「カシャ」は、肌でわかる。
林　あとはやっぱり、「この人の結婚式は行きたい！」っていうのはあるかな。
清水・中園　ないよ！
清水　誰かの結婚式に積極的に行きたいっていう人の気持ち、ぜんぜんわかんないんですけど。
中園　でしょう？　「あの時、知り合いになってたら、結婚式に行けたのに」って、真理子さんよく悔しがるんですよ。
林　こないだ中井美穂ちゃんと食事に行ったら、結婚式がテレビ中継だったという話になって。あの時美穂ちゃんと仲良かったら、結婚式に行けたのにって思った。
清水　よくわかんないなあ。つまり、現場が見たいってこと？
林　そう。
中園　真理子さんは、超一流のミーハーなんですよ。お相撲さんの結婚式に出た時も、すごく嬉しそうだったし。
林　あなたも一緒に行ったじゃない。
中園　行きましたけど、普通は「お相撲さんの結婚式なんて、ご祝儀いくら包めばいいんだろう」とか、そういうセコイことばかりが気になるものなんですよ。
林　私は、お金を使うのが好きなの。
中園　お相撲さんにお寿司をご馳走しているところにも同席したことがあるんですけど、私は

清水　「この人たち何貫食べるんだ……」とそればかり気になってるのに、「もっと食べなさい」と勧めて、帰りにはおみやげまで持たせたりするんです。
お金の使い方が、男性っぽいのかな。林さんみたいに、消えてなくなるものにお金を使える女性は、豪快でカッコいいと思う。ただ、一応心配なので中園さんに聞きますけど、林さんは儲けるのも使うのも大丈夫な運なんですか。

中園　真理子さんに「手相を見せて」と言ったら、私の前でパッと指を広げたんですよ。手相自体、ものすごくお金を稼げる相。ただ、パッと広げたでしょ。あまり女性はそういう見せ方をしないものだし、これは全部指の間からお金が零れ落ちる。（笑）

清水　使う相も出ているってことかー。

林　老後どうしよう。もう老後に入ってるけど。施設だって二人分必要じゃない。

清水　え、誰の分？

林　夫の分！　ほっとくわけにいかないじゃない。

清水　結局、仲いいんだ。

中園　清水さん、「最近は、モノマネしたくなるような個性の強い人があまりいない」と以前おっしゃってましたよね。ぜひ、これからは真理子さんのマネをやってほしい。

清水　いやー私、林さんがここまで面白い方だと思っていませんでした。二の線と三の線が絶妙。林さんにエロい線があるというのも、納得しますね。男女問わず、モテるんだと思う。ただ、これだけの作家なのに、もうちょっと文化人気取りしなくていいんですか。

林　文化人気取り、してますよ。

中園　日本における重要なパーティーやイベントのほとんどに出席していますしね。「令和」が決まる前の「元号に関する懇談会」も、即位の礼も、宮中晩餐会も。

清水　今までで、一番ときめいた席はどこですか？

林　ウィーンのオペラ座での舞踏会。イブニングドレスで踊りました。

清水　こんな話をされても、林さんが言うと全然嫌みに感じない。なんでだろう。

林　山梨から出てきた少女が、がんばったからじゃない？

中園　オバちゃんの夢を、全部叶えて。

清水　林さん、よかったら今度、私のライブに来てくださいよ。

中園　私、行くんですよ。

林　出るの？

中園　見に行くんですよ。なんで出るのよ。

林　私、歌うのは大好きだけど。

清水　何を言ってるんですか。私はユーミンじゃないから、出しませんよ。（笑）

中園　清水さん、油断しないで。真理子さん、願ったものはすべて手に入れてますから。

清水　何がまだ叶ってない？

林　紅白歌合戦で歌うとか。

清水・中園　（爆笑）

林　冗談ですってばぁ。

阿川佐和子

大すきな人

平野レミ

『婦人公論』2020年1月28日号より

あがわ さわこ
1953年東京都生まれ。81年より報道番組のキャスターを務めたあと、渡米。帰国後はエッセイスト、小説家、司会者として活動するほか、女優としてドラマにも出演するなど、その活躍は多岐にわたる。

ひらの れみ
東京都生まれ。文化学院在学中から佐藤美子氏に師事し、シャンソン歌手に。ラジオ番組などで人気を博したのち和田誠氏と結婚。料理愛好家として数々のアイデア料理を発信。「レミパン」などキッチングッズの開発も手掛ける。

平野レミさんの夫の和田誠さんが、２０１９年10月７日に亡くなりました。おつきあいのあった阿川佐和子さんとともに、寂しいけれど楽しく故人を偲びます。

あんないい人はいなかった

清水　レミさん、「未亡人」になって、なにかわかったことはある？

平野　二人ともいろいろ心配してくれてありがとね。和田さんが亡くなってわかったのは、あんまり完璧な夫と結婚しないほうがいいってことかな。だってさ、イヤなところないと諦められないもん。

清水　イヤなところ、なかったんだ。

平野　なかった。いい人だったねぇ、あの人。本当にいい人だった。

阿川　この流れで言うのもナンですけど、日本って、死んじゃうとやたらいい人になる傾向あるよね。

清水　確かに、しばらくは悪口言えない。でもね、うちの両親なんて喧嘩ばかりしてたはずなのに、父が亡くなった途端、母が「あんないい人はいなかった」って何度も言ってんの。

阿川　お父さま、亡くなってどれくらい経つの？

清水　もう10年くらいになるかな。でも母はまだブルーな感じ。

阿川　夫に先立たれた妻の場合、３ヵ月も経てば元気になるってよく言うじゃない。

清水　いや、ずっと元気ないまま。私や弟からすれば、「あんなこともこんなこともあったじゃない」って思うのに、なにか言うと「あれだけ頑張った人にそんなこと言うもんじゃない……」って。すっかり変わっちゃったの。自分まで半分死んじゃったような感じなのかもしれない。

平野　そうなんだ。

阿川　私の父は、それこそお膳ひっくり返すような暴君だったでしょ。母はいつもひどい目にあっていたから、子どもたちはいつ離婚してもいいと思ってた。母の耳が遠くなったのだって、父にぴしゃって叩かれたからじゃないかしらって。でも入院してからの父は、なにかと「母さん、母さん」で、しまいに「母さんも入院すればいいじゃないか」と言い出した。

清水　娘がいても、もうひとつ物足りないものなんだね。

阿川　ある時、母を連れて父を訪ねたら「お前のつくるちらし寿司が食べたい」と母に言うわけ。

清水　なんか、いい言葉。

阿川　認知症で、すでに耳も遠い母が「はぃ?」って何度も聞き返すうち、父が「お前のつくるちらし寿司が食いたいと言ってるんだ!」と怒鳴り出したら、「あ、ちらし寿司。東急にも売ってますよ」って。(笑)

平野　わあ、お母さん勝ったね。

阿川　晩年は、父のほうが母にそばにいてほしいようだったし、母は母で認知症もあってか、ひどい目にあったことも忘れて穏やかだったから、夫婦は本当に不思議なものだなと思う。

平野　まあ、でも佐和子ちゃんは新婚だから幸せいっぱいでしょう。

阿川　あのね、もう2年半になるから、いいかげん新婚じゃないんですよ。(笑)

平野　佐和子ちゃんのご実家じゃないけど、私の知り合いの写真家に、食事のたびに奥さんに献立書かせる人がいるの。それで、「これは食べない」「これも食べない」ってはじいて、奥さんはできた食事をお膳にのせて部屋まで持っていくんだって。

清水　その人、ひとりで食べるの？

平野　そうよ。グラスも、ちょっとでも曇ってたら怒られるの。それに比べて、うちはどんなにドロドロでも平気だった。洋服が箪笥の引き出しから流れてても、怒られたことない。

阿川　でも、そんな和田さんがたった一遍だけ怒ったっていう有名な話がありますよね。

平野　え、なんだっけ。

阿川　なんでレミさんが覚えてないの(笑)。和田さんが映画を撮ってらした頃、帰ってきたら洋服に長い髪の毛がくっついてた話。

平野　ああ、それね。なにか咎めたら、「そんなこと言うなら別れるよ」って言われたの。

清水　和田さん、潔癖だもんね。

平野　だから「ごめんなさい」って謝った。和田さんって静かに言うから、おっかないの。

清水　私、和田さんと青山にあったおヒョイさん(故・藤村俊二さん)のお店に何度か飲みに行ったことがあるのね。歩いて帰る道すがら、「和田さんは幸せで、つらいことはなさそうな人生ですね」なんて言ったら、「ないことはないよ」ってちょっと探して、「レミに疑われたことがあって、おれのことを信じてないのかあと思った」って。

平野　わあああ。長い髪のことだ。

阿川 一致したね。すてきなお話。はじめて聞いたわ。

平野 和田さんはさ、今度も死んじゃったけど、前にも死んじゃってってね。

阿川 それはレミさんが、勝手にそう思い込んだだけでしょう？

平野 だって、お芝居に行ったらちっとも帰ってこないのよ。私、死んじゃったと思って警察に電話したの。「今日、茶色のトレンチコートを着た、36歳くらいの男の人が死んでませんか」って。そしたら電話の向こうで受話器を置いて、別の電話で聞いてるの。「トレンチコートを着た男は死んでないか」って。それを待ってる間、もう心臓ばっくんばっくんで、生きた心地がしなかった。それで「お待たせしました。今日は死んでません」って。

清水 受話器の置き方が、時代だね。

平野 その少し前に、イラストレーターの灘本唯人さんから「レミさん、人間の心の中なんてわからないものだよ」って言われたの。幸せそうに見えても、心の奥のほうは悲しかったり苦しかったりするから、人間は本当に複雑なんだよ、って。それを思い出して、「大変、和田さんはきっと樹海で自殺したんだ」って考え直したのよ。

清水 灘本さんのお話、タイミング悪かったね。（笑）

平野 こりゃみつかるわけないと思って、猫連れて実家に帰った。

阿川 諦めが早すぎる。

平野 でもタクシーが実家に着いたら、母が「和田さんから電話があった」と言うので、そのままタクシーから降りずに戻ったわよ。そしたら和田さん、真っ赤っ赤な顔してゲラゲラ笑ってるの。こっちは泣きそうな思いしてたのに。井上ひさしさんのお芝居観た後、そのま

阿川　ま一緒に飲みに行っちゃったんだって。

清水　新婚らしいエピソード。あの頃は携帯がなかったから、男女がひやひやすることはいっぱいあったでしょうね。

平野　和田さんは男女問わずモテてたけど、和田さんがほかの女性にっていうことはなかった。

清水　和田さんは、手は出さない！

平野　びっくりしたー。そんなに政治家みたいに言わなくても。

清水　白い紙が好きな人だったでしょ。だけど、白い肌には興味なかったね。

平野　もう、なに言ってるんだろう。名言みたいに。（笑）

清水　和田さんのなかでは、本当は佐和子ちゃんが一等賞で、私は二等賞だったと思うわ。

阿川　少なくとも、阿川さんが一等賞ってことはないでしょ。

平野　和田さんと一緒に飲んだり歌ったりするようになった頃、「阿川さん、また会おう。でも僕がいちばんすきなのはレミだけどね」って、断りを入れられたんですから。

清水　ほら、それがいちばんすきってことよ。私のことは立ててくれてたの。

人間は本当に複雑なもんだねえ。

直感で出会ってブレなくて

阿川　ミッちゃんも私も、和田さんと飲みに行っては、ジャズやらミュージカルやら映画やら、たくさんのことを教えていただいて、それが次の仕事に役立ったりしていたでしょ？

清水　うん。和田さんはモノマネも好きだったしね。

平野　ミッちゃんのことは、渋谷のジァン・ジァンに出てた時から見に行ってたもの。

清水　サミー・デイヴィスJr.のモノマネ芸を収めたカセットテープももらったことある。和田さんはお話が上手で、怖い話もお化けの話も不思議な話も、引き込まれるスリルがあった。

阿川　私のいちばんの思い出は、『週刊文春』の対談でジュリー・アンドリュースに会うことになった時、あんまり嬉しくてご報告したら、ご自分が描かれた『メリー・ポピンズ』のポスターと一緒に、「これを覚えていますか、と聞いてごらん」と一冊の絵本を渡してくださったことね。和田さんがまだライトパブリシティに勤めてらした頃、イエナで見つけて、かわいいと思って買った絵本。

清水　ずいぶん前になくなった、銀座の洋書屋さんだ。

阿川　ジュリー・アンドリュースがブロードウェイデビューを果たして間もなく、『マイ・フェア・レディ』のヒロイン役を演じるためにアパートで練習していたら、それに反応して歌うように吠える犬がいたんですって。隣室に面白い犬がいるのよ、と友人の絵本作家に話したら、そのエピソードをもとに一冊の絵本ができたんだけど、巻末に犬を抱いたジュリー・アンドリュースの写真が載ってるの。でも、彼女が世界的なスターになるのは、それよりずっとあとのことだから、和田さんはなにも知らずにその絵本を買っているのだけど。

清水　それが和田さんのすごいところだよね。直感力というか。

阿川　絵本を見せたらジュリー・アンドリュースは喜んで、「なぜこれが日本にあるの？　アメリカにも、この本のことを覚えている人はいないのに！」ってものすごくゴキゲンになって、私、とても助けられたのよ（笑）。私たちにはこういう思い出がたくさんあるけど、レミさんはおうちでそういうお話をなかなか聞けなかったんじゃないかって、こないだ率くん（次男の和田率さん）が言ってた。

平野 質問したらきっとなんでも教えてくれたんだろうけど、私、質問するようなこと思いつかないんだもの。だから和田さんが、なんで私みたいな女の人をすきになったのか、さっぱりわからないのよ。一度、聞いてみたかったな。

清水 でも和田さんがレミさんに興味を持って紹介してもらって、1週間で結婚しちゃったんだから、これも和田さんの直感力なんじゃないかなあ。そして、ピンときたらブレない。

平野 私がテレビの生放送でシャンソンを歌った時、バンドが前奏を演奏してたのに、うまく声が出なくて「もう一回はじめからお願いします」って言ったのが、よかったんだって。

阿川 それで、当時レミさんとラジオで共演されていた久米宏さんに、紹介をお願いしたわけでしょう？　久米さんは紹介を断ったらしいけど。（笑）

平野 「彼女はやめておいたほうがいい」って言ったらしいよ。私、クレイジーと思われてたから（笑）。でも和田さんは、「この人は料理が上手だろう」とピンときたみたい。ほら、久米さんとのラジオ番組は街頭から生放送したりするから、私が「あら奥さま、今日の晩ごはんはなににするの？」なんていろいろ突っ込んで聞くでしょ。それだけで会ってみようと思うんだから、考えてみればすごいことよね。

料理って、こういうことでいいんだ

阿川 和田さんのお別れの会を3月にすることが決まったけど、レミさん、まだちょっと元気ないね。でもなにかと忙しいでしょう。

平野 お墓は、もう決まってるの？

清水 和田さんは前に、私の両親のためにかっこいいお墓をデザインしてくれたの。だから、そこに一緒に入っちゃう。

平野 お骨は食べた？

清水 ちょっとカリカリした。だからもう一心同体よ。

平野 まだまだ寂しい気持ちに襲われるだろうけど、目の前に仕事があってよかったよね。

清水 ほんとにそうよ。ありがたいよね。仕事があって本当によかった。

阿川 趣味でもなんでも、人から必要とされる場所があるのは、大事なことよね。

平野 いまは『ごごナマ』に毎週出てるから、新しいレシピを考えるでしょ。大変だけど、それが楽しいのよね。料理って、食べられるもの同士を組み合わせていろんなことができるじゃない。やっぱり、楽しくてしょうがないの。

阿川 「料理愛好家」としてのレミさんのお仕事のバックアップも、和田さんはずっと熱心になさってきたよね。料理の本の装幀や挿絵はもちろんだけど、面白い料理名をつけたりとか。

平野 青山の骨董通りに、「ふーみん」っていう中華料理屋さんがあるじゃない。昔は神宮前にお店があって、和田さんはその頃からのお客さんだったの。そこのねぎそばは汁なし麺にねぎや生姜が乗ってて、熱いゴマ油を最後にジュッてかけるんだけど、和田さんが「麺をワンタンに変えてみたら、おいしいんじゃない？」って言ったんだって。いまや、そのねぎワンタンが看板メニューだから、今度お店の方がうちにご挨拶に見えるの。

清水　和田さん自身が、お料理好きだったんだ。

平野　そうよ。「5秒ビシソワーズ」っていうのがあって、牛乳とトマトジュースを1：1で割るの。あとは塩、こしょうとオリーブオイルで味を調えてバジルを添えるだけ。ただそれだけなのに、とってもおいしいの。和田さんが、最初にそういうことを教えてくれた。私がいまのお仕事をはじめるずっと前のことよ。それで、料理ってこういうことでいいんだって知って、私、いっぱいひらめいちゃうようになったの。

阿川　いまのレミさんをつくったのが、和田さんとも言えるのね。

平野　アイデアがいっぱいな人だった。縁の下の力持ちね。

阿川　私、なぜだか覚えてないけど、唱くん（長男の和田唱さん）のライブに、和田さんと二人で行ったことあるのよ。

清水　あれ？　母親をさしおいての息子見学。

平野　そんなことあったの？　ありがとう。

阿川　たぶんレミさんの都合が悪くなって、私を誘ってくださったと思うんだけど、会場は若者たちで大盛り上がりでしょ。それを見て、和田さんが「なんだか騒々しいね」なんて照れ笑いしてらしてね。

清水　武道館？

阿川　そう。そしたら帰る時、たくさんの若者の中からパッと一人が駆け寄ってきて、「サインをお願いします」って言うの。

平野　和田さんに？

阿川 和田さんの本を持ってたのよ。父と息子、どちらから先にファンになったかはわからないけど、びっくりするよね。サインしたあと、「ふん」ってまた照れ笑いしてらした。

清水 唱ちゃんはデビュー前から堂々としてて、あがらない子だったね。和田さんの100冊記念のパーティーで、エリック・クラプトンがカバーした古いブルースを歌ったじゃない。

平野 あの時、「この子は全然あがってない。淡々としててすごいな」と思った。

阿川 あの時17歳で、大勢の人の前で歌うのははじめてだったけど、あれがきっかけでプロダクションの人に声をかけられたのよ。

前にレミさんとタクシーに乗ったら、ラジオから唱くんの歌が流れてきて。そしたらレミさん、「これ息子！ これこれ！ これ息子！」ってあんまり言うから、それで私、トライセラトップっていうのをはじめて知った。(笑)

平野 ちがうよ、トライセラトップス！

阿川 あははは。ごめんごめん。

清水 私は唱ちゃんの歌うマイケル・ジャクソンのカバーがすごい好きで、新幹線でレミさんに聴かせたことがあるの。そしたら、「これ誰？ 誰？ すごい上手！」って。母親なのに、よくわからないものだなって思った。(笑)

阿川 お二人の息子であることを伏せておきたい、と思う期間がしばらくありましたよね。

平野 言っちゃいけなかったの。ずいぶん我慢した。

清水 レミさんを黙らせておくのは、難しいことだしね。

阿川 うっかり話したら、怒ってごはんを食べてくれなかったりしたのよね。

清水　そういう意味じゃ、和田家はみんな控えめ。私、ドラマに出てみて「やっぱり演技は照れとの戦いだな」って思ったけど、レミさんも恥ずかしがり屋だから、セリフを言えそうなイメージがない。

平野　あら、でも私、黒澤明と伊丹十三から「映画に出てくれ」って言われたことあるのよ。

阿川　え、ほんと？　すごいじゃない。なんの映画？　『乱』？

平野　なんだか知らない（笑）。話がきた瞬間、断っちゃったから。あ、そうだ。そういえば加山雄三さんがね。

阿川　また、急に話がとぶ……。なに？　黒澤明の話？

平野　そうじゃないのよ。あの人、脳梗塞だったじゃない。それが快復したんだけど、今朝だったかな、みんなに見守られながら……。

阿川　えっ⁉

平野　朝ごはん食べたって。

阿川・清水　（爆笑）

平野　やった！　成功した。私、途中で笑っちゃうから、なかなかうまくいかなかったのよ。佐和子ちゃんが「えっ⁉」って言った時、うまくいったと思ったね。

清水　さすが「聞く力」。

阿川　これはもはや「促す力」だな。司会進行の参考になった？

清水　うん、勉強になった（笑）。この連載もがんばるわ。

小木博明

大久保佳代子

『婦人公論』2020年2月25日号より

おぎ ひろあき
1971年東京都生まれ。サラリーマンを経て、95年に矢作兼さんとお笑いコンビ「おぎやはぎ」を結成。

おおくぼ かよこ
1971年愛知県生まれ。92年に光浦靖子さんとお笑いコンビ「オアシズ」を結成。デビュー後も長くＯＬとして働きながら、芸能活動を続けてきた。コメンテーターや女優など、多方面にわたり活躍する

ゲストの大久保佳代子さんと小木博明さんは、同じ事務所の先輩後輩として親しい間柄。実は大久保さんは、〝ある計画〟を立てているのです……。

いい感じでヌケてきた

清水　最近二人ともラクそうに仕事をしていて、いい感じだよね。特におぎやはぎは、ラジオからも気を張ってる気配がまったく感じられない。（笑）

大久保　確かに、「おぎやはぎの仕事の仕方が一番いい」ってまわりも言ってますね。車とか美術館めぐりとか、趣味が仕事になってるし、キャンプしてるだけの番組もあるでしょ。

小木　「キャンプしてるだけ」じゃないけどね（笑）。（大久保さんを見ながら）なにせうちの事務所のトップがこれですから、後輩たちも、肩の力を抜いて働けるんじゃないですか。

清水　さっそく先輩を「これ」呼ばわりしてる（笑）。最近の女芸人はみんな優しいし、大久保さんも、仕事でしんどい思いをすることが減ってきた？

大久保　それはやっぱり、パイオニアである清水さんや野沢直子さんの世代が優しかったからですよ。そもそもいじられやすい側が芸人になることが多いから、芸人はみんな心優しいのかもしれませんね。

小木　結局、忙しさがピークになると、気持ちがギスギスしてくるわけです。大久保さんだって、『めちゃイケ』の頃は追い込まれていくようなこともあったんじゃない？

大久保　もう忘れかけてるけど、そうかもね。
小木　そういうギスギスが、なくなりました。大久保さんは、2、3年前きれいだったの。ちょっといい女風だったし。でも最近、光浦さんに逆転されてない？
大久保　それを言われるのが、一番イヤ。（笑）
小木　光浦さん、最近すごいきれいですよね。肌ツヤもよくて、魅力が増した感じがする。
清水　しかも昔より、メンタルが前向きになってる。好きなことを仕事にしてるからかなあ。
大久保　確かにそうかもしれない。好きなことを好きなペースでやっていて、仕事に対しても焦りを感じてない。
清水　あなたたち、みんないい感じでヌケてきてるんだね。

安心な老後は、ぜひ小木家で

大久保　（独り言で）そうか、清水さんちでもいいんだ。でも清水さんちに行くのは光浦さんがいいのかな。
清水　なにが？
大久保　私、この先ひとりで老後を過ごすことになるかもしれないじゃないですか。孤独死とか、そういうことで迷惑かけるのは避けたいな、と考えた時、家族のこともよく知っている小木さんの家に一緒に住もうかな、と思ったんですよ。いいプランだと思いません？
小木　少し前からそういう話、してるよね。
清水　なにそれ。森山良子さんにも迷惑だからやめなさいよ。

大久保　小木さんは、意外と新しい感覚の持ち主だから大丈夫。小木さんの奥さんもいい人だし、固定観念にとらわれない夫婦なんで。

清水　新しい感覚、とかいう話じゃないのよ。日々の生活で、だんだん存在が邪魔になるから。

大久保　一緒に住むと言っても、一部屋貸してもらって、私は生活費を入れる。一週間に一回くらい「大久保さん、一緒にごはん食べる？」と誘ってもらう。それは生存確認のためね。それ以外はおとなしくしてるし、小木さんのメリットとしては、こういう行き場のない老女を養っているという優越感が持てる。高齢化社会に貢献してる感覚を味わえるわけだから。これって、Ｗｉｎ‐Ｗｉｎの関係じゃないですか。

清水　今のあなた、ゴーン被告ばりの身勝手な話をしていることに気づいてますか？（笑）

大久保　えっ、やだ。そんな自己チューな会見してた？

小木　ただ、最初にこの話を聞いた時は当然イヤだなと思ったんだけど、こういうふうに「小木さんは新しい感覚の持ち主」とか言われちゃうと、悪い気はしないのよ。

清水　ダメだよ。まるめこまれないで。一番イヤなのは、奥さんなんだから。

大久保　そこまで言うなら、私は清水さんちでもいいんですけど。

清水　私もイヤだよ。それに、よほど看取られるような病気でもない限り、家族がいたってみんな最後は孤独死なのよ。独身の人は、最近そういうのをすごく気にするみたいだけど。

大久保　数時間後でも、家族がやってきて悲しむ、という一連の流れがあるじゃないですか。私の場合、友達が葬儀では悲しんでくれると思うんですけど、できれば早めに遺体を発見してもらいたいし、早めに悲しんでもらいたい。

小木　それはわかる。でもうちにきたとして、大久保さんが一番長生きしたらどうすんのよ。（笑）

大久保　とにかく、今後は私のようにひとりで暮らす女性は、どんどん増えていくと思うんです。面倒をみる側の人数が圧倒的に少ないんだから、お互い気心の知れた友達夫婦のところに住むのは、社会的に十分アリな時代になってくるはず。

清水　その通りだよ。だから、近所に住むならわかる。なんで同じ家に住もうとするのよ。

小木　かつては考えられなかった、シェアハウスなんていう住み方もいまは受け入れられているわけだし、そういう新しいスタイルももしかしたら……。

清水　そんなに甘やかして、大丈夫？　この人、本当に押しかけてくるよ。

小木　しょうがない。事務所のトップだから。（笑）

清水　家庭は、人にとってホッとする場所でしょ。そこに大久保さんが入ってくると、小木夫婦も多少なりとも緊張するってことが私は言いたい。

大久保　でも、長く一緒にいれば夫婦もギスギスするじゃない。

清水　まあ確かに、ギスギスっていうか、会話がなくなる。

大久保　そこにすっと他人が入ったら、いい感じの緊張感が蘇る。その役目を買って出ましょう、と私は言っているわけで。

小木　会話がないのも、気持ちいいんだけどね。あれはあれで、夫婦にとってはいい時間なのよ。大久保さんは結婚してないから、わからないでしょうけど。

大久保　ふーん。

小木　じゃあさ、良子さんのところが一部屋空いてるから、そっちでどう？　良子さんなら、たぶんOKって言うと思うよ。

大久保　良子さん、新しい感覚だしね。

清水　勝手に決めた。（笑）

小木　大久保さんの気持ちはわかるんですよ。俺も孤独がイヤで結婚したようなものだから。そのための、子どもだし。

清水　でも、子どもは自立していくよ。

小木　自立させないですもん。

大久保　どんな親なんだ。（笑）

小木　娘が留学して、外国人と恋愛して結婚して海外に住む、なんてことになったら、もうおしまいですよ、俺は。

大久保　いいね、家族をそれだけ大切に思えるっていうのは。

小木　もちろん、ひとりの時間も楽しいですよ。でも、ひとりで死んでいくのはこわい。

清水　へー、意外。小木さん、強そうに見えてた。

小木　歳を取って、テレビを見る以外、することがないような生活もしたくない。すでに俺、テレビも映画も飽きてきてるんですよ。

清水　早くない？

小木　かろうじてネットはまだ見てますけど、たぶんものすごいスピードでいろいろなものを見てきたから、どんどん飽きがきちゃってるんですね。いま一番面白いのがカードゲーム。

清水 アナログに戻った。

小木 でも、カードゲームは相手がいないとできないじゃないですか。だから、やっぱり孤独がこわいです。そういえば大久保さん、自分は孤独だと言いながら、あのバーの男とはちゃんと別れたの？

清水 なんなの、その人。

小木 つき合って別れて、またつき合って別れて、俺の知らない間に何度もヨリを戻す相手がいたんですよ。そいつ、本名も教えてくれないのに。

大久保 ある時、偶然彼の保険証をチラ見して、本名を知りました。

清水 私の世代だと、そういうの「遊ばれてる」って言われてたけど、いまは違うの？

大久保 ハラスメントと同じで、大事なのは受け取る側の気持ちなんですよ。傍からは遊ばれているように見えるかもしれないけど、こっちも楽しい思いをしてるから。

清水 いい女風なコメント。（笑）

大久保 いまはもうなんの関係もないですけどね。ただ、向こうはこちらの鍵を持っていて、たまに家から物がなくなる気がするんですよ。そんなことってありますかね……。

清水 なんなの、この話。（笑）

小木 最近は、若いモデルの男の子を見つけたんだよね。

清水 バーテンダーの次はモデルって。地味に見えてどれだけ充実した青春を送ってるのよ。

大久保 30歳くらいのハーフで、めちゃくちゃイケメン。別に特別な関係じゃないですよ。年に2回ぐらいごはんにいくだけ。もちろん、二人きりじゃないし。

清水 私、だんだん大久保さんのことが羨ましくなってきた。だって、この中の誰よりも充実してるじゃない。恋愛もフリーだしさ。

大久保 じゃあ、このままでもいいのかな。私、パコ美（愛犬）を飼い始めてから、性欲がまったくなくなったんですよ。

小木 まったく、は嘘でしょう。

大久保 ごめんなさい、まったくは嘘。でも毎日だったのが、中5日くらいになった。

清水 いいよ、そこまで正直に申告しなくても。（笑）

大久保 聞いてください、これは大事な話なんで。この性欲っていうものが一切なくなったら、選ぶタイプも変わってくるんじゃないかと思うんです。一緒にいてくつろげるような、60代や70代の男性も伴侶の対象になるかもしれない。でも、たまにポッと出てくる以上は、まだ40前後くらいの男性にこだわるしかないじゃないですか。

清水 なるほど。大久保さんはいま、難しい年頃だってことね。結局のところ、彼氏は欲しいの？　欲しくないの？

大久保 もはやわかんないです（笑）。生活はすごく充実してます。家に帰ればパコ美がいるから、ひとりでごはんつくって食べても全然寂しくないし、家の広さにも満足してるし。

小木 ただ歳を取った時、ひとりきりで家にいるのだけはイヤだってことなんだよね。

いつか、のために備えていること

大久保 もしこれから先、誰かをいいな、と思ったとして、もうすぐ50の私が、その人と残りの人生の約20年間を一緒に過ごしますよね。でも20代で結婚した人は、50年分の関係性を築いている。

小木　そうだね。

大久保　相手に下の世話が必要になった時、50年も一緒にいれば、一緒に過ごしたなりの諦めを持てるだろうけど、10年や20年しかいない相手に、そんな諦めを私は持てるのかな、と思っちゃって。

小木　そういう年月の重さっていうのは、あるね。夫婦だけじゃなくて、たとえば親を自分の手で介護したいと思えるのも、生まれた時から世話になってるという気持ちがあるからだし。

大久保　清水さんは、旦那さんの下の世話できる？

清水　うーん。するけど、親が介護で苦労してた姿を見てるから、2、3日ですぐにプロに相談するだろうなあ。

大久保　2、3日って短くないですか？

清水　でも、相手も自分のそういう姿を見られたくないというのもあるし。それだけに、プロの存在って大きいんだよね。

小木　俺も大久保さんと同い年なので、自分もいつ介護が必要な体になるかわからない。娘がなにかしなければならなくなった時のことを考えて、俺はもう、ＶＩＯを脱毛してます。

大久保　性的なことじゃなくて、下の世話をする人のことを考えて？　すごい優しいじゃん。

清水　なんで優しいの？

小木　清水さん、Ｏっていうのはつまり肛門のまわりなんですけど、ここに毛があると、下の世話をする時に拭くのが本当に大変なんですって。菌も繁殖するし。介護する側は心が折れるらしい。赤ちゃんのお尻は拭くのがラクじゃないですか。あれと同じことです。

小木　そうか、それがいつしか憎しみに変わって、虐待になったりもする。

大久保　そこに毛を生やしていたばっかりに、首を絞められて終わりとかね。だから、今はおっさんたちの間でＶＩＯ脱毛が秘かなブームなんですよ。将来、世話になる人のためにと。

清水　そうか、介護する人を思ってのことなんだ。

大久保　私も誰に看てもらうかわからないし、いまやるべきことはＶＩＯ脱毛なのかも。でも恥ずかしくなかった？　絶対、「これが大久保佳代子の肛門か」って思われるよね。

小木　相手はプロで、何千人と処理してきてるんだから、そんなこと思わないよ（笑）。本当に大事だよ、そういう一歩を踏み出すのは。

清水　小木さん、ほかに何か、これからやりたいことはあるの？

小木　俺はとにかく、3ヵ月休みがほしいです。海外に行きたい。昔から、大橋巨泉さんに憧れてたんですよ。ああいうセミリタイアみたいな感じで仕事できたらなあ。

清水　世間も、おぎやはぎならしょうがないって言いそうだけどね。

大久保　せっかく休みを取っても、脱力系のすごく面白い二人組が出てこないか、ずっとヒヤヒヤしながらテレビやラジオをチェックしてたりして。

清水　休むには、巨泉さんくらいの器がいるってことだから、そんな心持ちになれるまで、いまは現状維持で仕事するしかないね。

大久保　じゃあ私は老後に備えて、ＶＩＯ脱毛をやりますよ。清水さんも一緒にどう？（笑）

真面目に不真面目

『婦人公論』2020年3月24日号より

みうら じゅん
1958年京都府生まれ。武蔵野美術大学在学中に漫画家デビュー。作家、イラストレーター、ミュージシャンなど幅広い分野で活動する。著書に『アイデン＆ティティ』『マイ仏教』など。

あんざい はじめ
1953年東京都生まれ。桑沢デザイン研究所デザイン科卒業。デザイナーとしてデビューし、イラストレーター、アートディレクター、ナレーター、映画監督など幅広い分野で活動する。

長きにわたる名コンビで知られるお二人と落ち合ったのは、東京・築地本願寺。境内に配置された牛の像の前で、清水さんがあることに気づきます。

パニック映画で学んだことは

清水　あれ？　なんか酒臭い……。
みうら　あ、ごめん（笑）。今日は久しぶりに安齋さんとちょっと飲んでからここに来たの。
清水　信じられない。ゲストが飲んでくるなんて、この連載史上初だよ！
みうら　そうなの？　だってもう夜の8時だよ。こんな時間、そろそろ寝るかなって頃だもの。
安齋　そうだよ。飲みに行こうとなったら、夕方の4時か5時には始めるしね。
みうら　ミッちゃんだって赤いちゃんちゃんこ着たんだから、本当はもう眠いでしょう。
清水　ちゃんちゃんこなんて簡単に用意できるもんじゃないよ。私はたいてい2時に寝て、朝は10時に起きてます。
安齋　ええっ！　若いなあ。ちょっとしか歳が違わないのに。
みうら　オレなんて、ここ4、5年は起きるの6時半だよ。
安齋　オレはもっと早いなあ。起きたら1時間くらい雑用をして、それからまた寝る。そのうち、こういうのが楽しみになるから。
清水　あーあ、二人がこんな年寄りくさいこと言うようになっちゃうなんて。

みうら　なんか改めて年寄りくさいって言われると、凹むなあ。

清水　まあ、こわい新型肺炎が流行してる時だから、抵抗力をつけるためにも健康的な生活を送ってるほうがいいのかな。

安齋　こんなに科学技術が発達しても、いまだ医学が追いつかない病気があるなんてね。

みうら　確かにね。でも本当にこわいのは、起きたことに対する人間の行動のほうだったりするでしょ。ほら、オレたちが若い頃に流行ってた、パニック映画なんてジャンル。

清水　ああ、『タワーリング・インフェルノ』とか『大地震』とか『ベン』とか。私たちの世代って、パニック映画がたくさんあったよね。

みうら　『ベン』って、ネズミの大量発生ね（笑）。パニック映画を見て、危機的状況になった時に自分ならどうするかって考えさせられたもんじゃない。他人まで助けられる勇気はあんのか、とか。

清水　ちっちゃい学び。（笑）

みうら　でも、いざという時に人間は絶対アタフタするから。日頃から心がまえはしっかり持っていなきゃって思うよ。

清水　じゃあ、いまここで大地震が起きて、私が「助けて」と言ったら、助けてくれる？

みうら　うーん、オレが最初に「助けて」と言っちゃうかもしれないし……。

安齋　さんざん見てるわりに、あまり心がまえができてないみたいだね。

清水　やっぱり、みうらさんに助けは求めないよ。だって「ツバくれおじさん」だから。

みうら　あははは、違うって。

安斎　誰、それ？

みうら　昔ミッちゃんとオレ、わりと近所に住んでたんだけど、その頃、近所の公園にフィルムケースを子どもに差し出して「ツバをくれ」って言う変質者が現れたことがあって。

清水　その人が、長髪でサングラスなのよ。

安斎　みうらくんじゃない。

みうら　いや、違うってば（笑）。疑われるのもイヤだし髪をくくったら、なんとツバくれも途中から髪をくくり出した、って言うじゃない。

清水　子どもの学校の父兄たちが近所をパトロールする日に、たまたまみうらさんにばったり出くわしたの。

みうら　そしたらミッちゃんがこっちを指さして、「ツバくれおじさんだ！」って言うわけ。

安斎　あははは。かわいそう。

みうら　人を見た目で判断してはいけないよ。（笑）

清水　でも、二人とも職質はずいぶんされてきたでしょう。

安斎　自転車に乗ってたら必ず呼び止められるね。

みうら　だね（笑）。遠くから大きな声で、「どうしましたぁ？」って聞いてくるんだよ。別にどうもしてないのにさ。

清水　すごい。誰も傷つけない言葉で呼びかけるんだ。

安斎　昔、毎日のように会うおまわりさんがいたの。自転車に乗ってると必ず止められて、「昨日も止められたんですけど」「いえ、昨日とはまた別です。自転車が違いますよね」なんて言われる。

みうら え、盗んだの？

安齋 盗まないよ。だって同じ自転車なんだから。そしたら「自転車に名前を書いておいてください」って言われて、翌日また止められた。オレ、ちゃんと名前書いておいたのね。「ほら」って見せたら、今度は「名前を証明するものを」って言うの。そんなもの、自転車乗ってる時に持ってるわけないじゃない。

みうら そこだよね、オレたち運転免許を持ってないから、己を証明できない。

安齋 しょうがないから、しばらく保険証を持ち歩いてたよ。ミッちゃんは、どうやって自分が清水ミチコだと証明するの？

みうら いやね、そりゃ「この人は清水ミチコだろうな」と思っていても、本当に清水ミチコかどうかはわからないからね。

清水 いま警察の立場で発言したでしょ（笑）。私も免許がないから、パスポートかな。

みうら いつでも飛び立てるように。（笑）

安齋 自分が何者かを証明するひとつとして職業があるわけだけど、あれはなんて答えてる？

清水 タレントって言ってる。

みうら え、「元『ビックリハウス』の投稿者」じゃないの？

清水 そんな肩書き、あるか（笑）。お二人は？

みうら オレは「イラストレーターなど」と言い張ってる。主に「など」のほうだけど。（笑）

安齋 グラフィックデザイナー、アートディレクター、映画監督とかいろいろ。並べりゃ並べるほどあやしくなるんだよ。

みうら　あくまで自称だからね。

みうら　ある銀行の、振り込め詐欺の注意喚起のために描かれてる犯人の顔のイラストが、どう見てもオレなのはどうしてかねえ。

安齋　いまだに偏見があるんだろうな、長髪とかサングラスに対して。

みうら　空港でも必ず取り調べを受けるしね。こないだ中国に行った時も、ゴムヘビをたくさん買ったからなあ。

清水　ゴムヘビ？　ゴムでできたヘビ？

みうら　集めてるんですよ。あんなの金属探知機にひっかからないじゃない、だってゴムだもの。ただ荷物検査に通した時にヘビのシルエットが映ったんだろうね。これはなんだ、と聞いてるようだったから、「ラバースネーク」って答えたんだけど。流暢な英語でね（笑）。そしたらその「ラバー」をどうやら恋人と受け取ったらしくて、係員、ヘラヘラ笑いながらトランク開けて。オレ、目の前で捨てられちゃったんだよ。

清水　ヘンなもの買うからバチが当たった。（笑）

安齋　オレも長髪に無精ひげでグァムに行った時、麻薬犬がやってきて。麻薬犬が興味ない顔で離れても、係の人が「もっと嗅げ、もっと嗅げ」って犬の頭をオレになすりつけるの。

清水　ぼんやりしてたら、犯人に仕立てられそう。

安齋　それでトランクを開けることになったんだけど、仕事道具の絵の具や筆のほかに、石膏の粉の入った大きな袋が三つも入ってたんだよね。

清水　あははは。あやしい！　何に使うつもりだったの？

安齋　成型してそこに絵を描こうと思ってたから。それを見た瞬間、向こうは「やったー！」みたいな顔してた。でも不思議なもので、あまりにずっと疑われてると、だんだん自信なくなってくるのよ。オレはもしかして運び屋なのかな、って。（笑）

清水　ははは。実はこんなに気が弱い。

みうら　犯罪をする人たちって、やっぱり気が強いのかな。

清水　「なんとかなる」って思って犯罪に手を染めるんだから、やっぱり気が強いんだと思うよ。

みうら　ミッちゃんに限っては、世の中で言われるような悪いことなんてしたことないでしょ。

清水　ない。親にさからったことくらい？

みうら　「くそババァ」とか言ったんだ。（笑）

清水　もう少し賢そうなこと言ったよ。「黒でも白でもない、灰色ってことがあるの、お母さん」って。山田太一のドラマのセリフからいただいたんですけど。

みうら　いただいたって、それパクリだけどね。

本当のことなんて面白くない

みうら　ミッちゃんとは雑誌の企画とかで何度もしゃべってきたけど、お互い何を話したか一切覚えてないでしょ、ツバくれ以外は。それは、そもそも本当のこととか実のあることとかって、そう大して面白くないと思ってるからじゃないのかなあ。

清水　そういうものかな。

安齋　じゃあミッちゃん、本当に言いたいことを、社会に向けて発言してみようか。

清水　消費税、高いですよ！　こういうことでいいの？

安齋　それ、そこまで本気で思ってる？

清水　思ってる。だって3万円の服を買ったら、3万3000円になってビックリしたもん。

安齋　小さいものだと気づかない。3000円くらいになってはじめて10％の重みを知る。それ、これから社会に向けて言う予定は？

清水　ないですよ、そんな予定（笑）。その理由は、いまここで言ってみて、さほど話が盛り上がらないことがわかったから。

みうら　ほらね。やっぱり本当に思ってることを言うのって向いてないでしょ。

清水　あ、みうらさんが本来の真面目さを出してきた。でもみうらさんがテレビに出る時って、空気を壊すことを求められてるような気がするけど。

みうら　真面目にそういう期待に応えようと思うから、ストレスがかかるんだね。ついこないだも突発性難聴になって、片耳が聞こえなくなっちゃった。いまはもう治ったけど。やっぱ真面目に不真面目を言うのは無理があるというか。

安齋　テレビの世界は、見た目より厳しい世界だからね。

みうら　テレビにはじめて出してもらった頃、プロデューサーから、「みうらさんは雑誌の人間だから、結論が先にあってしゃべるでしょ。それは重いよ」って言われたことがあってね。

清水　テレビは、深く考えながら見る人は少ないっていうことか。

みうら　その場で思いついたことを言えないようじゃダメだってことだろうね。

安齋　みうらくんは、オレから見てもすごく真面目。今日だって、この鼎談の前に二人で会っておけば、オレが遅刻しないって思って飲みに誘ってくれたんだと思う。

清水　だからってここに酒臭いままでくるんじゃないよ。ただ、みうらさんの子どもの頃からのスクラップとか見ても、真面目じゃないとあそこまでできないよね。エロスクラップって、まだ続けてるの？

みうら　それ、『婦人公論』でしていい話？　スクラッパーだから、しかたない。キープオンで今年、40周年。623巻までいきましたよ。

安齋　いまはスクラップ帳もおしゃれになってて、茶色ばかりじゃないんですよ。色付きのものとか、いっぱい出てるの。

清水　だけどスクラップ帳って、そんなに売れるものなのかな。

みうら　いや、危ないでしょ。オレが小学生の頃から使ってる「コクヨ ラ―40」がいつ生産中止になるか。売れてるように見せかけるために、近所の文房具屋さんのものは見つけ次第、買い占めてるよ。

清水　最近はコンプライアンスが厳しいから、みうらさんがこの先も変わらず、エロトークを続けられるといいんだけど。

安齋　こんなにエロの話を堂々としてるの、もうみうらくんしかいないしね。

清水　そういえば昔、みうらさんの事務所を訪ねたら、「悪いけど、ちょっとここで待ってて。あ、待つ間、これを聞くといいよ」って、なぜか女の人のあえぎ声を聞かされたことがあった……。あれはなんだったんだろう。

みうら　うそ！　それ、いまならレッキとしたセクハラじゃない？

安齋　「これを聞くといいよ」って、ひどい（笑）。でも昔は、あえぎ声のカセットがついたブックレットとかよくあったよ。

清水　なんのブックレット？

安齋　体位とかだね。

清水　意外と真面目につくるんだね。

みうら　まあ、いくつになっても、好きなことだけはちゃんと真面目にやっていかなきゃと思ってますよ。歳を取ると、だんだん自分を騙せなくなるというか。なんか無理しなくなっちゃうからね。オレ、還暦過ぎて気づいたんだけど、本当はカルピスと鯛焼きが好きだったんだよ。（笑）

清水　うそばっかり（笑）。こんな酒臭い人が、よく言うよ。

みうら　本当だって。実はお酒は好きじゃないんだって。

安齋　みうらくんの酒につきあわされてきたこの30年は、いったいなんだったんだろう。

清水　最後にこんなどんでん返し。この鼎談、ちゃんとまとまらなかったら、あなたたちの自己責任ですからね。

安齋　えっ、なにそれ。オレ、ゲストに呼ばれて「自己責任」って言われたのはじめてだよ（笑）。やっぱりここにいる三人は何者か、よくわからないね。

清水　誰かに「どうしましたぁ？」って聞かれるのがお似合いかもね。

あの松明に向かって

ジェーン・スー

野宮真貴

『婦人公論』2020年4月28日号より

ジェーン・スー
1973年東京生まれの日本人。ＴＢＳラジオ『ジェーン・スー　生活は踊る』のＭＣを務める。『貴様いつまで女子でいるつもりだ問題』で第31回講談社エッセイ賞受賞。

のみや まき
1960年北海道生まれ。「ピチカート・ファイヴ」の3代目ボーカリストとして国内外で活躍。2021年はデビュー40周年を迎え、ソロでの音楽活動や、ヘルス&ビューティーのプロデューサーとして活動。

ジェーン・スーさんと野宮真貴さんは、なんとかつての仕事相手。清水さんと野宮さんに、大人の女性として楽しく生きるヒントをスーさんが尋ねます

書きながら、しゃべりながら

清水 野宮さん、今日はお誕生日なんだよね。おめでとうございます！
野宮 ありがとうございます。今日で還暦ですよ。
清水 見えないなあ。
野宮 還暦ライブは新型コロナウイルスの影響で延期になったから、ライブまで歳を取らないって決めようかと（笑）。でもこうしてお二人とおしゃべりできて、ほんとにうれしい。
清水 野宮さんとスーさんは、長いおつきあいなんだってね。
野宮 スーさんがまだレコード会社でプロモーターをしていた時に、お世話になっていたんです。
スー 野宮さんの宣伝プランを考えて、「野宮さん！『〇〇』誌のインタビュー取れました！」なんてことをやっていました。いまより体重が25キロくらい少なかった時の話ですが。
清水 これだけおしゃべりが得意なら、確かにプロモーターはぴったりの職業だ。
野宮 私はすごくおしゃべりが苦手で。人前で話さなくてもよくて、好きな仕事は何かって考えたら歌手だったというか。歌で思いを伝えられれば、しゃべらなくていいと思ってた。
スー 野宮さんはゆっくりしゃべるので、実は苦手なように聞こえないんですよ。

野宮　そう？　まあさすがに60年も生きたから、それなりに社交もできるようになりました。ちなみに彼女はレコード会社のあと、メガネ会社にも勤めてるんですよ。

スー　全然知らなかった。どうしてこの業界に？

清水　自営業をしている父を手伝うために、メガネ会社のあと35で一度実家に戻ったんです。そしたらもう閑古鳥というか、こんな仕事のために自分は戻ったのかと虚しくなる状況で。そんな時、ミクシィというサイトで書いていた日記がきっかけで、雑誌に書き始めるようになりました。

スー　なるほど。スーさんの「書きながら、しゃべりながら」の「書きながら」がまず始まったんだね。

清水　「しゃべりながら」のほうは、TBSラジオで番組を持つ友人から「世の中に知られていない人に出てほしい」と声をかけられたのがきっかけで。よく考えたら失礼な話ですよね、知られてない人って（笑）。まあ、いまの仕事になって10年くらい、といった感じです。

野宮　このお仕事で、すっかり落ち着いたみたい。

スー　ありがたいことに。いろいろなスキマ産業をちょっとずつ続けていただけなんですけどね。

清水　スキマ埋まったねー、すごい。だっていまやすっかりTBSラジオの「顔」だよ。女性パーソナリティでは珍しいことだと思う。

野宮　清水さんは、前からスーさんに注目していたの？

清水　うん。ラジオで流れるスーさんの声と私の声が似てるって言われることがよくあって。それでどんな人なのかな、と思って聴き始めたら、すごい面白かった。

いつかは「わからない」若者が出てくる

野宮 清水さんも、いまのお仕事はラジオから始まったの?

清水 私は構成作家とおしゃべりと、両方やっていたのね。当時は東京で録った音源を地方に送るシステムだったんだけど、そこから名前が少しずつ出るようになって。27か28の頃に、渋谷ジァン・ジァンでやっていたライブをテレビ局の人が見にきてくれて、それで声をかけてもらった。

スー 次々やってくる船に、きちんと乗れるところがすごいです。

清水 ラジオで「あのコントが面白かった」って葉書をもらった時、うれしくて。ライブをやったらもっと大きな快感があった。だからテレビはそれ以上の手ごたえがあるんじゃないかと思って、出てみたの。

スー 野宮さんは回り道なく歌手一本で来てらっしゃいますけど、ピチカート・ファイヴに入ったのは、30歳くらいですよね?

野宮 あの頃は年齢非公開で、結婚や出産をした時も、プライベートはまったく表に出してなかったのね。デビューは21だから、売れ出した年齢は当時としては遅かったと思う。

スー 一緒にさせていただくのはおこがましいんですが、「これが私の仕事だ!」と未来が見えてきた年齢は、三人とも遅めなんですね。ただ、ある程度の年齢になってから自分の居場所が定まるほうが、調子に乗ることなく、粛々と仕事に取り組めるような気がします。私が20代でこの仕事に出会っていたら、相当イヤなやつになってたかもしれない。(笑)

野宮　私も売れない10年間があってからのピチカートだったから、浮わついた気持ちがあまりなかったのかも。ワールドツアーをして、どこの国でもソールドアウトになっていたのは、いま思えば大変なことなんだろうけどね。

清水　いまの10代は、昔と違って一般人からどんどんスターが生まれるね。YouTuberとか。

スー　あ、いまYouTuberで思い出したんですけど、テレビの世界って、昨日まで無名だった人がある日を境に突然あちこちの番組に出ていることがよくありますよね。そこがラジオと決定的に違うなと思って。

野宮　私も最近、バンド名が読めないアーティストがいっぱいいる。

スー　私にとっての「わかんない」シリーズは、まず「若い男優の顔の区別がつかない」から始まりました。「この面白さがわからない」みたいな中身のことは、そのあとからやってくる感じですね。

清水　かつて母親が「この人、誰？」っていちいち尋ねてきた気持ちが、いまになってわかるでしょ。あの頃は「『月刊明星』の表紙を飾ってる人の名前を知らないなんて、どういうこと？」って思ってたし、自分は絶対母親のようにはならないはずだったんだけどなあ。

スー　結局はみんな同じ道を辿るんですね。でも歳を取ることがネガティブなことかと聞かれたら、お二人をはじめ上の世代の人たちがみんな楽しそうなんで、私にとってはめちゃくちゃ「松明《たいまつ》」が明るいです。

還暦でもミニでいく

清水　松明って表現、面白いね。私にとっての松明って誰だろう。やっぱりユーミンさんとか矢野顕子さんとか森山良子さんとかかな。

野宮　明るくて、元気な松明だね。絶対消えないし、見失わないくらいの明るさ。

清水　それって、私にとっては本当にありがたい。ずっとモノマネしてられるから（笑）。時代とともに、「この人、誰？」ってことに絶対ならないもん。

スー　それにしても野宮さんや清水さんにとっての松明世代、強力すぎるなあ。

清水　いまの若い人たちって、ずいぶん心が清くなってるじゃない？　清いっていうのは物質的な依存が少ないという意味なんだけど。車がほしいとか広い家に住みたいとかじゃなくて、もう少し「生きること」に目が向いてる。私が10代の頃は憧れのカリスマみたいなものがいて、それに向かって少しはギラギラしてたから。

スー　なるほど。たとえば私は子どもの頃、親に隠れて深夜番組を見てましたが、いまの中高生は何を見てるんでしょうね。「大人っぽい」ということを、どこでやってるのかなって。

野宮　背伸びって大事よね。学校にも、憧れの先輩みたいな人が必ずいたじゃない？　それをマネしておしゃれを磨いたりして。

清水　人類の物欲がいったん満たされたから、清い人が出てきたんじゃないかなって、私は考えてるんだけど。

スー　しかもいまは昇給も鈍いし、非正規雇用も多いので、なかなか生活に余裕が持てない。だから急に年収が500万上がったとしても、彼らは車やブランドの時計を買ったりはしないかも。この先、どうなるかわからない時代ですから。

野宮 私は、バブルの頃が一番貧乏だったの。給料9万円で、家賃5万円の部屋に住んでたから。

清水 え、じゃあ生活費4万円？

野宮 さすがに生活が苦しいじゃない。だから鈴木慶一さんにライブの打ち上げに誘ってもらって、そこでお酒を飲んだりごはんを済ませたりしてた。やっぱりお洋服が買えないことが一番つらくて、いろいろ工夫してました。カーディガンを後ろ前に着てみたりとか、ボタンをつけ替えたりとか。

スー その頃の工夫がいまに生きてるんですね。

野宮 おしゃれは自尊心とイコールだから、なんとかやりくりしてた。

スー 私が子どもの頃の30〜40代は、肩パッドが入ったブランドものの服を着て、フェンディのバッグを持って、「これさえ持っていればOK」というアイテムがありましたよね。

野宮 確かに2000年代に入るまでは、「誰もがひとつは持っている」アイテムがあったね。

清水 じゃあ、いまのスーさんの世代に、強烈なファッションリーダーっているの？

スー そこなんですよ。最近のファッションリーダーって、みんな読者モデルだったり、インスタグラマーだったりするんです。

清水 そうか、一般人なのにおしゃれ、みたいな感じがトレンドなんだね。私は高校生の時、桃井かおりさんのファッションがすごく好きだったの。カーディガンと半袖ニットのアンサンブルとか、シンプルですごく都会っぽいなって。あとはやっぱりユーミンさん。

野宮　ユーミンさんはすごく足がきれいだから、いまもミニスカートが似合ってかっこいい。私はピチカートの解散後、ずっとミニを封印してたんだけど、昨年「野宮真貴、ピチカート・ファイヴを歌う。」っていうライブをした時に、久々に解禁したの。60歳を超えると不思議と似合ってくるんですよ。若い時とは違う「抜け感」が出てくる。

誰にとっても、体の変化は未知の体験

野宮　大きな松明の一人の雪村いづみさんも、楽屋では超ミニのワンピースを着てらした。
清水　憧れるね。それにしても、ずっとスタイルを維持できているのが羨ましい。
スー　私は、過去最高体重を更新し続けてますけどね……。まさか自分が池中玄太になるとは。
清水　それは言い過ぎでしょ。
スー　いやいや、ＦＭヨコハマの周波数くらいまではいったことありますから（笑）。ただ最近は、自尊感情が高まり過ぎて、「この体重のわりにはイケてるんじゃない？」という「自分がデブに見えない魔法」にかかってるんです。
清水　体重のことはどこまで肯定していいかわからないけど、自尊心を高めるのはいいことだよ。
スー　以前は自分のこと、あまり好きじゃなかったんです。でも歳を取るうちに、そんなふうに生きていくのはイヤだなと思うようになって。謙遜し過ぎる人も、場の空気を乱すような気がしますしね。
清水　そうだね。自尊心が低い人は損をしがちだと思う。いずれ自滅しちゃいそうに見える。
スー　どんなところでもフットワーク軽く入っていける人のほうが、仕事の声もかかりやすいし、

友達も増えると思うんです。なので、自尊感情を高める練習を地道に続けた結果、こうなりました。(笑)

野宮 体重の数字はともかく、健康的であればいいんじゃない？

清水 前にある人が、こんなことを言ってたの。20代、40代になる時より、30代、50代になる時にいろいろな場面でダメージを受けるって。それで私は50でちゃんと人間ドックに行こうって思ったよ。スーさんもそろそろ健康管理が大事になってくるかもしれない。

野宮 それと、そのうち更年期もくるから。未知の体験で、私は自分がどうなっちゃうんだろうって不安だった。

スー 仕事中はどうされてたんですか？

野宮 ひとりで汗かいてた。

清水 でもね、「こんなに汗かいて大丈夫かな」って恥ずかしく思ってても、まわりは意外と気づいてないいんだよね。そのことを知った時は安心したな。

野宮 息子を産んだ時以外は入院もしたことないし、病気とは無縁できたのに、むしろここ2、3年の自分の体の変化が心配。骨が折れやすくなってて……。

スー どこかぶつけたんですか？

野宮 うん。家でつまずいて、足の小指を折ったの(笑)。小指って大した場所じゃなさそうだけど、仕事の時にヒールも履けないし、けっこう困るのよ。

清水 いま一緒に笑ってたけど、実は私も昨年、ドラマの撮影中に転んで、足にヒビ入ったなあ。

スー え、50代になると転ぶようになるんですか。いつから転ぶようになりますか？

清水　いつから転ぶように……って、人によるわ！（笑）

野宮　エストロゲンの量が減ると、生活習慣病や骨粗しょう症になりやすいらしいから、私はサプリメントで補ってる。

清水　女性ホルモンの減少って、なんとなく自分でわかるの。補充のためのパッチがあって、いまはそれをお腹に貼ってるんだけど、おじいさんになっていくのを食い止められている感じはするよ。ただ、いつまで貼り続ければいいんだろう、というのがいまの悩み。

スー　更年期に関する情報って、これからその時期を迎える40代が一番知っておきたいことじゃないですか。だから、今日聞いたお話はすごく興味深いです。

清水　ただ私、グレイヘアにする思い切りはまだつかないなあ。

野宮　70代になったら考えればいいんじゃないかな。髪の色が軽くなると、似合う服や口紅の色は増えるだろうし。でも、グレイヘアって決してラクなスタイルじゃないと思うの。ちゃんとした手入れをしていないと、ただの汚い白髪交じりになっちゃう。

スー　グレイヘアになっても、センスを問われるんですね。

清水　ただ、自分のことを客観的に判断できてそうな人には見えるよね。若さへの執着も、ほどよくコントロールできる知的な人というイメージ。とにかく、移行するタイミングだけはちゃんと見極めないと。だって一度やったら、後戻りしづらいから。

スー　ハゲにおけるカツラみたいなものなんですかね。かぶってたのに、また外すってわけにはいかない。（笑）

清水　松明の先にはグレイヘアが待っていたか。

羽田圭介

岩井勇気

満たされた生活

『婦人公論』2020年5月26日号より

いわい ゆうき
1986年埼玉県生まれ。幼稚園からの幼馴染である澤部佑さんと、お笑いコンビ「ハライチ」を結成。著書『僕の人生には事件が起きない』など、エッセイも執筆。

はだ けいすけ
1985年東京都生まれ。2003年『黒冷水』で文藝賞、15年『スクラップ・アンド・ビルド』で芥川賞を受賞。

エッセイストとしての才能を開花させた岩井勇気さんと、その著書に推薦文を寄せた羽田圭介さんは同世代。三人の意外な共通点がみつかって……。

家で、幸せを嚙みしめるとき

清水 新型コロナウイルスがこんなに広がってしまって、私たちの生活もすっかり変わったね。

岩井 芸人はまず、ライブができなくなりましたからね。そもそも人に会えない。誰かと食事にも行けない。こんなこと、はじめての経験じゃないですか。

清水 あれ？　羽田さんはわりと平気そう。

羽田 ぼくは普段とまったく変わらない生活なので。

清水 そうか。作家は家で仕事をするのが基本だもんね。でもサイン会とか講演会とかは？

羽田 すぐに新刊を出す予定もないので、特に影響ないですね。

清水 そのTシャツが気になるけど……（笑）。私はこんなに暇かなって思うくらい時間が余っちゃって。パン焼いたり、ビスコッティ焼いたり、最近はそんなことばかりしてる。

岩井 めちゃくちゃかわいいことしてますね。

清水 うちは実家が喫茶店とか何軒か経営してたから、この仕事をはじめる前は、田舎に戻ってサンドウィッチやケーキを出すとか、そういうことをするつもりだったのね。今回、やっぱり料理したりお菓子作ったりするのが、私にとって一番の趣味なんだって気づいた。

羽田　パンって、ホームベーカリーで焼くんですか？　どんなやつですか、四角いやつですか？

清水　うん、四角い焼き型の。

羽田　最近、ぼくもパンを焼いてるんですよ。

岩井　ええっ？　やたら細かくホームベーカリーについて聞くなあと思ったら。

羽田　前は角型のホームベーカリーで焼いてたんですけど、いまはベーカリー機能付きのオーブンを使っていて。それだと、レストランで出てくるような丸パンが焼けるんです。それでたくさん焼いて、むしゃむしゃ食べてます。

岩井　いきなり二人でパン作りの話に……。やっぱり買うより作るほうがいいもんですか？

清水　あれってできるまでの工程が面白いのよ。生地を練って、寝かして、発酵中もじっくり待って。材料を全部入れてから焼きあがるまでに5時間前後かかるものなの。

岩井　けっこうかかりますね。

清水　その間、いい匂いもするでしょ。私がこうしてボーッとしている間も、あのベーカリーは休まず働いてくれてるのねって思うと、すごい充実感。

羽田　それに自分で焼いてみると、これまで信頼して買ってたパン屋のパンも、けっこう砂糖が入ってたのか、とかわかるんです。

岩井　ぼくはヨーグルトメーカーでヨーグルトを作っています。

清水　私も作ったけど、すぐ飽きたなあ。パンと違って愛嬌やリズムが足りないんだよね。

岩井　いや、もう1年以上やってますから。

羽田　え、長くないですか？　ぼくはわりとすぐやめましたよ。

清水　ねぇ。1年も続けてる人にはじめて会った。だいたい嫌われるのよ、あの機械。だって結局は牛乳の原価と変わらないってみんな気づくもん。

岩井　確かに、市販のヨーグルトを買うのと同じですね。しかもぼく、牛乳にR-1のヨーグルトを入れれば全部R-1になるのかなって期待してたんですけど、使ってる機械が特殊菌に対応してなくて、普通のヨーグルト菌しか増えなかった。そうそう、ヨーグルトメーカーに米と麹を入れて甘酒も作ってて。うまいですよ。

清水　そんなことまでしてるんだ。そのせいかな。今日のゲストは二人とも肌がきれい。

岩井　発酵食品の効果かな。

羽田　パンはともかく、三人ともヨーグルトを作った経験があるなんて、珍しいですね。

不安なときはなににすがる？

清水　岩井さんはインドア派？

岩井　うーん。よく誤解されるんですけど、幼稚園から高校までサッカーをやっていて、昔はムキムキでした。体脂肪が4％くらいのときもあったんですよ。でも一時かなり太って。

羽田　ダイエットしたんですか？

岩井　相方の澤部も太ってるから、二人とも太いと変なコンビになっちゃうんですよ。2ヵ月で20キロ落としました。

清水　すごい。「なにダイエット」したの？

岩井　強いて言えば「食べないダイエット」ですね（笑）。そして運動をしない。結局、運動するとお腹がすいて食べてしまうから。思い切り食べた日があったら、翌日はそのカロリーだけで生きてみる。

羽田　でも、お腹すきません？

岩井　お腹すくって思うでしょ。でもそれは「脳みそに騙されてるだけだ」って自分に言い聞かせました。

羽田　ぼくは去年の夏、「カップラーメンダイエット」をして。

清水　なに言ってるんだろう、この人。ぜったいムリだよ。（笑）

岩井　食べ物の名前が冠についたダイエットって、だいたい効果ないですからね。

羽田　普段は、玄米とか納豆とか刺身とかブロッコリーとか粗食なんですが、食欲があるので量を食べちゃうんですよ。だから健康にいいものをたくさん食べるよりは、健康に悪いものを少量食べたほうがマシなんじゃないかと思いついたんです。

岩井　なるほど、考えましたね。カップラーメンの銘柄はなんでもいいんですか？

羽田　「蒙古タンメン中本」の辛いラーメンです。

岩井　それは効果ありそう！　ぼくも、春雨ヌードルに大量の七味を入れる「激辛ダイエット」をしたことがあるので。胃がこわれて、しばらく何も食べたくなくなるんですよ。効果絶大でした。

清水　みんな自分をいじめすぎじゃない？　羽田さんのは効果あったの？

羽田　体重は減ったんですけど、香辛料の匂いにコバエが引き寄せられちゃって。

岩井　最悪な住環境じゃないですか！

羽田　仕事中は書斎にコーヒーを置いて書くんですけど、コーヒーカップの縁にまでコバエがきて。集中力が削がれて、損失の大きいダイエットでした。

岩井　ぼくは最近、家でたこ焼きばかり作ってます。ちゃぶ台に卓上型のたこ焼き器を置いて、テレビを見ながらくるくる。

清水　それは、きっと家で楽しいことがしたいんだね。私たちのパンと同じだ。

岩井　たこ焼きがすごいのは、たこがなくてもうまいところ。さきいかを入れたってうまいんですよ。それにぼくの場合、具材がなくても平気。

清水　生地だけ？　なんかおもちゃみたいな食べ物だね。

岩井　粉と卵と水で種を作りますよね。種が少し減ってきたなあ、と思ったら水を足す。これで無限に焼き続けられるのも魅力です。

清水　岩井さんは、ヨーグルトと同じで、白くて増殖していくものが好きなんだね。

羽田　まあ、粉さえ手元にあれば作れると思うと、安心感のある食べ物なのかもしれませんね。

清水　こういうときは、よけいにね。今回、トイレットペーパーがずいぶん店頭からなくなったって言うじゃない？　ヒトは緊急事態のとき、無意識に白くてふわふわしたものに惹かれるって聞くよ。

岩井　まさか清水さんのパンも？

清水　あなたのたこ焼きと同じかもしれません。

岩井　すごい共通項。（笑）

羽田　ただ、岩井さんのたこ焼きはどうにも不健康そうですよね。だって野菜もないし、たこも

岩井 なかったら、ただの粉でしょ。

羽田 いいや、粉が素なのはパンも一緒ですからね。パン作ってる人たちから、とやかく言われるなんて！

清水 確かにしょせん粉だから、パンも粉にはこだわりたいです。

羽田 わかる。「春よ恋」っていう高級な小麦粉を使ったら、すごくおいしくできて驚いた。

岩井 ぼくは全粒粉のパンを作りたくて。でも全粒粉は高くて、1キロ1000円くらいするんです。普通の小麦粉が1キロ130円で買えるのに、加工前のひと手間かけていない全粒粉のほうが10倍の価格って、腑に落ちないですよね。

清水 湯豆腐みたいなものじゃないですか（笑）。あれ、豆腐をお湯に入れてびしゃびしゃにしただけなのに、信じられない値段とるでしょう。

びしゃびしゃって言うな！

無意識の緊張感でいつのまに……

岩井 湯豆腐はともかく、ぼくがふわふわした物が好きなのは、歯が悪いからかもしれない。寝ている間に、歯を噛みしめるらしくて。

羽田 奥歯ですか？

岩井 はい。割れたので新しいのを入れようにも、歯も高いですね。

清水 インプラント？

岩井 残った土台にかぶせるんですが、それなりの強度のものを求めると値段が上がるみたいで。

清水　差し歯なら、タピオカには気をつけたほうがいいよ。私、この間タピオカを飲んでたら差し歯が取れたから。

岩井　タピオカの粘着力に負けたんですか？　弱いなあ。

羽田　岩井さんが、割れるまで奥歯を食いしばることがちょっと心配ですね。なにかトラウマでもあるんじゃないですか？

岩井　歯医者さんからも「ストレスを感じてるはずだ」と言われましたが、まったく自覚がない。

清水　この仕事をしていれば、なにかしらの緊張感はあるはずだよ。

岩井　ネタ前は、確かに緊張します。

清水　ウケなかったらどうしようって思う？

岩井　それはないんです。ウケなくてムカつくことはありますけど、ネタを「忘れるんじゃないか」っていう緊張感。本番中に真っ白になったことなんて一度もないのに、そのイメージが消えなくて。

羽田　それが日々続いているなら、歯をギシギシ噛みしめてても仕方がない気がしますね。

岩井　清水さんには、もう緊張する仕事なんてなさそうだなあ。

清水　なに言ってるの、いつだってあるよ！　そういえば志村（けん）さんと最後にお仕事をご一緒したのが、大阪でのお笑い賞レースだったのね。二人とも審査員で。そのとき、「おれたちなんてどうせ上がりだろうと思われてて、緊張するなんて誰も想像してないよな」っておっしゃってた。この世界に長くいると、緊張しないように思われることが多いけど、そんな人間いないと思う。

岩井　だんだん、緊張しているのをまわりに感じさせないようにしていけるんですかね。そうだ、賞レースと聞いてふと思ったんですが、男芸人となんとなくつき合い出す女芸人って、やっぱり多いじゃないですか。清水さんも、そういう誘いはありましたか？

清水　ぜんぜんなかったよ。それに私はすでに結婚してたから。デビューと結婚がほとんど同じ時期だったの。いまの芸人さんを見てると、女性たちがいくつになっても青春を謳歌していて、仲間も多いし、楽しそうで羨ましくなる。

岩井　独身が珍しいことではなくなりましたしね。

清水　そうね。逆にそれが武器になったりもする。羽田さんは、そういう自分のこの先を考える？

羽田　ぼくは今年35になるんですが、いまは結婚したいとかあまり考えないですね。まあそのうち、40手前くらいですればいいんじゃないかな。

岩井　でもぼくは、おんぶひもで子どもを背負った羽田さんの姿をプリントしたTシャツが、いまから想像できますけどね。

羽田　ただ、ぼくにいずれ子どもができたら、ちゃんとした洋服を着て、変な発言もせず、おちゃらけるのもやめようと思っています。自分ひとりだったら、なにをしてもいいんですけど、そうはいかなくなるでしょうから。

清水　それはもったいない。私の先輩にあたる男性芸人たちも、「おれが結婚してなかったら、もっと売れた」とか「もっと面白かったと思ってる」ってよく言うね。

岩井　やっぱりそうなんですね！　ぼくも、芸人っていう職業の利点は、結婚することで失われ

清水　るとどうしても思ってしまって。

岩井　羽田さんの想像通り、家庭にエネルギーを持っていかれる部分はあるのかもしれない。当然、行動や発言も制限されるようになるだろうし。でも岩井さんの相方の澤部さんは結婚して、お子さんもいるよね。

羽田　はい、三人います。澤部を見ていると、コンビのなかで家庭的な役割はあっちに担当してもらえばいいや、と満足しちゃう部分はありますね。

清水　相方の人生なのに、そんな形で自分が満たされるものですか。

岩井　いや、岩井さんが変わってるだけだと思うよ。だって、別に三人とも岩井さんの子どもではないわけだし。

羽田　ただ、たまに思うんですよ。ぼくが「ハライチとして活動していること」で育っている子どもでもある、と。逆に、ぼくがなにかしでかしたら、当然彼らの生活にも影響が出るわけじゃないですか。そういう意味で、間接的な彼らへの責任みたいなものは感じてるんです。どちらかというと、こっちの比重のほうが大きいかな。

清水　甥っ子くらいの距離感ですかね。

羽田　でもさ、きっとあっちはまるでそんなふうに感じてないと思うよ（笑）。だいたい、かわいいって思ってる？

岩井　第一子が生まれたときから、澤部は頻繁に子どもの写真を見せてきて。しばらくして、ライブにはじめて子どもを連れてきたので、「あ、写真のほうがかわいいね」と言ってしまいました。奥さん、めちゃくちゃ怒ってましたね。

清水 あたりまえだ！（笑）
岩井 そりゃ写真のほうがかわいいですよね、大量に撮った中から厳選したものを見せてるんですから。アー写（アーティストのプロフィール写真のこと）と一緒ですよ。
清水 子どももいないのに、よくわかってる……。岩井さんは常に冷静だなあ。

長く書く、短く書く

羽田 （用意されたお茶菓子を見ながら）いま、ここにあるお菓子を食べてみたい気持ちがあるものの、太ると思うと悩みますね。
岩井 食べましょうよ。明日食べなきゃいいじゃないですか。継続しないと痩せないのと同じで、毎日食べ続けなければ太らないです。
清水 岩井さんは、そういう悪魔のささやきがうまいな。
羽田 外に出る仕事だったら、ぼくもきっと実践できるんですよ。家で過ごす冷静な時間が山ほどあるから、自分の食欲に気づかされるというか。
岩井 お腹がすいてると、書き物は進まないですか？
羽田 空腹だけじゃなくて、体がかゆい、痛い、でもダメですね。気になっちゃって。ネタを書くときも、実は一緒なんですよ。つまり、ネタを書くことと、ダイエットは両立できない。空腹であることに気をとられると、頭が働かないんで。パンパンに食って、めちゃくちゃ寝て、遊んで、全部満たされた状態じゃないと書けない。もう楽しいことやり
岩井 つくして、これ以上楽しいことはない、もう書くしかないんだ、という状態にならないと、

清水　ぼくはスイッチが入らないんです。羽田さんには、書いてるうちにハイな状態が訪れたりする？　途中で筆がどんどん滑り出して気持ちいい状態になれば、もう空腹なんて気にならなくなるよね。

羽田　そういう特殊な集中は、長時間続かないですからね。いまは本業以外のテレビやラジオの仕事が入っていることで、時間が限られて、逆に集中できるようになりましたけど。小説は、いくらアイデアがあっても論理的な作業を長時間かけてすることでしか形にできない。だから、そういう集中の仕方をすることはないんだと思います。

清水　じゃあ自分を、「まあ先走るな」「落ち着け」って言い聞かせながら書いていくようなものだね。

岩井　確かに、ネタは5分程度の尺なので、勢いで書ききれるのかもしれませんね。「2分や3分にまとめてくれ」と言われたら、起承転結を捨てなければいけないので、それはそれで難しいです。

清水　いまはネタ番組がどれも短くなっているから、できることが限られてきちゃうしね。早くいまの状況が落ち着いたら、ライブをしたり、みんなでおいしいものを思い切り食べに行ったりしたいね。

岩井　それまでは、白くてふわふわしたものに頼るしかない。

清水　ときどきダイエットもしながらね！

『婦人公論』2020年6月23日号より

まきたすぽーつ
1970年山梨県生まれ。「作詞作曲モノマネ」をはじめ、音楽と笑いを融合した「オトネタ」を提唱。俳優として多くの作品に出演しているほか、文筆家として『一億総ツッコミ時代』などの著作を持つ。

おおね ひとし
1968年東京都出身。数多くのドラマやMVを演出。ドラマ『モテキ』がブレイクし、同作の映画版が映画監督デビュー作品となる。2019年大河ドラマ『いだてん～東京オリムピック噺～』にも参加。

慣れない生活様式のなかで働かざるをえないいま、清水さんが大根仁さん、マキタスポーツさんと語り合う、日々の気づきとは。

腰を据えて観返した作品

大根　観てますよ、清水さんのYouTube。野上照代さんのモノマネが最高で……。

清水　わー！　ありがとうございます。黒澤明監督の記録係として有名な方なんだけど、あの人のモノマネを披露しないまま死ぬのは心残りで。（笑）

マキタ　ミチコさんって、人気が出ようが出まいが関係なく、自分のツボに入った人のマネをし続ける周期が時々やってきますよね。

清水　「瀬戸内寂聴期」とか「フジコ・ヘミング期」とかね。

マキタ　自分がやりたくてやってるだけだから、量のバランスを考えずにその人ばっかりやるし。

清水　野上照代さんも、「誰？」「わかりません」っていうコメントをけっこうもらった（笑）。でもおかげさまで、私の気は済みました。

大根　あれはいいですよ。もっと磨きをかけてください。

清水　大根さんのお仕事は、コロナ禍の影響が大きいんじゃないですか？

大根　ここ2年は大河ドラマ『いだてん』をみっちりやっていたので、今年は準備の期間だったんですよ。来年に向けての映画やドラマの脚本を書いたり、企画を立てたり。あとはアニ

清水　メの仕事だったりして、仕事上の影響はそこまで大きくなかったですね。
大根　監督の仕事ってひとつひとつのタームがすごく長いんだ。
マキタ　タイプによりますね。僕は取材もするしホンも書くので、どうしても長くなっちゃう。
大根　こういう機会だから、懐かしの作品を観返したりしてませんか。僕は最近、『北の国から』を娘と一緒に観てて。
マキタ　連ドラのほう？　やっぱり丸太小屋が焼けるまでが一番いいんだよね。
清水　娘が、「バカだねぇ、この人たちは」って言うんですよ。
マキタ　教育によさそうだ。私は『東京ラブストーリー』を観てたよ。
清水　織田裕二・鈴木保奈美版のほう？　どうしたんですか、そんな恋愛ものを観るなんて。
大根　前から一度観てみたいと思ってたんだけど、腰を据えて一気に観る機会がなかなかなくて。
マキタ　なんか三人とも共通してるなあ。僕は『101回目のプロポーズ』。めちゃくちゃ面白かった。あれはおすすめです。「浅野温子」が、僕たちの思ってた以上の「浅野温子」なんですよ。モノマネのさらにその先をいってた。（笑）
清水　森進一さんも、いろいろな人にモノマネされているのを見ると、「さすがにこんな森進一はいない」って思うんだけど、本物の「おふくろさん」を聴くと、「ああ、まだ誰も本人を追い越してなかった」ってわかるんですよね。
マキタ　こうしてオンデマンドでいろいろなものが観られるなんて、いい時代がきてるよね。スペイン風邪やペストのときとか、みんなどうやって過ごしてたんだろう。
清水　昭和生まれの僕たちですが、戦争こそ知らないものの、けっこうなことを体験してきま

清水　したよね。

マキタ　わかる。子どもの頃は家電でもなんでも新しいものがどんどん家にやってきて、大人になったら世界中が幸せになるイメージしかなかったもの。

大根　バブル期もある意味すごい世界でしたけど、平成に入ると阪神大震災があって、地下鉄サリン事件があって、アメリカ同時多発テロがあって、東日本大震災が起きて。令和を迎えたと思ったらこのコロナ禍で……。

マキタ　いわゆる平和ボケのノンポリ世代は、何事もなく老後を迎えて「逃げ切れるかな？」と思ってた節があったのに、そうもいかないんだって思い知らされることになりましたよね。

清水　経済における大打撃も大きいですけど、自分たちが働く「芸能」の世界が、まさか不要不急の場になるなんて思ってもいなかったですから。

マキタ　どんな災害が起きても、これまでは「エンターテインメントの力」が合言葉だったのに。

清水　僕の場合、単独ライブと、はじめての挑戦だった舞台『母を逃がす』が中止になったんです。

マキタ　うわー、舞台出演に懸ける練習量を考えると、あのエネルギーがゼロになってしまうって、すごいストレスだろうね。

清水　そう思った？　でも僕、稽古に3回しか出てないところで中止が決まったんで。

マキタ　もう、ドラマがないなあ。

清水　中止の報を粛々と受け止めましたよ。全体的にこれからっていう稽古序盤だったので、「あんなに稽古したのに！」みたいな思いは出てこなかったですね。

大根　でも、かなり長尺の舞台だったでしょう。セリフは？

マキタ　単独ライブが決行できるかどうかの問題を直前まで抱えてて、数日遅れで参加したんです。でもホン持ってうろうろしてるのは僕だけで、このままじゃまずいと思って頑張って覚えたら、その次の稽古から中止に。そこがまあ、唯一涙が出るとこですかね。

清水　演劇界は打撃が大きそうだ。

マキタ　一口に「配信の手段がある」と言っても、コンテンツとして向き不向きがありますからね。演劇とか音楽とか、醍醐味が半減しちゃうじゃないですか。

大根　音楽業界もかなり厳しいと思いますよ。ここ15年くらいでどんどんCDが売れなくなって、いまの業界にとっては、フェスを含めたライブが主要な収入源だったわけです。グッズも売れるし。それがすべて断たれてしまった。

マキタ　そういう状況下で、演劇で言えば、各出演者がZoomを通して戯曲を読んだ「12人の優しい日本人を読む会」。あのアイデアには感動しましたね。

清水　三谷（幸喜）さんの？

大根　そう。朗読劇に仕立てたものなんだけど、さすがにクオリティが高かった。

マキタ　知恵を絞れば、まだいろいろな可能性があるんでしょうね。

ほっとけなくなるあの人

清水　SNSでバトンが回ってくる「○○リレー」っていうの、やった？

マキタ　僕は「#うたつなぎ」と、「#カレーリレー」っていうのだけやりました。「うたつな

清水　ぎ」は自分の仕事と直結しているので楽しくやりましたけど、「カレーリレー」のほうは、普段からカレーが好きだって公言してるもんだから、「期待しています」なんて言われているうちに熱が冷めてきちゃって。結局レトルトを載せました。

マキタ　マキタさんがレトルト食べてるとこ見せられても……。（笑）

清水　だってカレー食うのは好きだけど、別に作るのはそんな好きじゃねぇし。一周回って、シンプルなカレーがいまは一番好き。

大根　僕は友達がほとんどいないので、SNSのリレーは本当になにもまわってこなかったなあ。

マキタ　よく言いますよ。ここでは話せないような友達がいっぱいいるじゃないですか。

清水　ほかにも、星野源さんの「うちで踊ろう」に合わせて、楽しくコラボした人もいたよね。

マキタ　僕はダメでした。自意識が邪魔して、星野源さんにストレートに乗っかれなくて。

清水　ちょっとわかる。星野さんの人気に乗っかろうとしてるように見えたらどうしようとか、ね。安倍総理くらい気楽に乗れたらよかったのかな。

大根　彼はあの動画を上げて、どうなると思ったんだろうね。

清水　あれって、やっぱり昭恵夫人が撮ったの？

マキタ　そうじゃないですか？　昭恵夫人って面白いですよね。あの人を見てると面白すぎてだんだんかわいく思えてくるから、途中から見ないようにしました。

大根　それ、ちょっとわかるかも。『ラジオビバリー昼ズ』の金曜日の担当って、松村邦洋くんと磯山さやかじゃない。あの二人が安倍夫妻のモノマネしてるの、聴いたことある？

清水　最近あのコンビ、いいよね。

大根 昭恵夫人の声も聴いたことないだろうに、磯山がテキトーなことばっか言うの。「つぎ、どこいこうかなー」とかって。めちゃくちゃ面白いんだよ。

マキタ 僕の友達のプチ鹿島によれば、「昭恵夫人は、自分のことを朝ドラの主人公だと思ってるんじゃないか」説です。お転婆なのに、のちに首相になるような人に見初められて結婚。日々、周りを巻き込みながらあらゆる問題を引き起こす。でも迷いなく突き進むその目は、キラキラなわけです。

清水 わー、すごい。確かに朝ドラの主人公そのものだね。

思いがけない反作用のなかで

大根 リモート出演の機会も多いと思いますが、もう慣れましたか。

マキタ 僕は、時々自分の声の大きさに驚くことがありますね。相手に届けようと声を張るんだけど、しょせんは家の中じゃないですか。

清水 まわりに人がいるわけじゃないから、テンションの調整が難しいよね。変な疲れ方する。ただこういう経験をしたことで、この先、いろんな会社の雰囲気がよくなるかもしれないなって思った。

マキタ 働き方がラクになるってことですか？

清水 いや、これまでは自分の顔を見ながらしゃべることってなかったでしょ。でも画面を通すと、自分の顔が横目で入るじゃない。イヤな言い方をしてるときの顔なんて自分で見たくないはずだから、きっと意地悪とか、ネチネチした嫌味とか言えなくなると思って。

大根　確かに。Zoom会議してると、僕はいつもこんなつまんない顔してるのか、とハッとしたりしますね。やべー、ちゃんとリアクションとらなきゃって。

清水　あとさ、みんなシーンとするのが気まずいのか、やたらにしゃべろうとするでしょ。だから意見もいっぱい出ると思うんだよね。

マキタ　直接会っているときの沈黙は外音でなんとかなりますけど、そうはいきませんからね。

清水　そろそろ元通りの生活が送れるようになるといいけど。

大根　徐々に戻っていくと思いますよ。まったくの元通りではないだろうけど、「これはいらなかったね」っていうものに気づくきっかけにはなったんじゃないかな。

清水　大根さんは、なにがいらなかった？

大根　一番思ったのは「移動」じゃないですか。わざわざ出かけなくても、打ち合わせできることがわかったし。

清水　いまは冠婚葬祭もできなくなっているよね。

マキタ　結婚式だったら延期してもなんとかなるけど、葬式はね。

清水　でも私が故人だったら、盛大にみんなが集まって葬式をしてくれなくてもいいなー。

マキタ　ただ田舎において、葬式は義務ってところがありますからね。あ、そういえば昔、葬式で、人はこういうタイミングでかつらをつけ始めるのかって思ったことがあって。

清水　なにそれ（笑）。かつらをつけ始めるきっかけが葬式だったってこと？

マキタ　うちの本家のおばあちゃん、99くらいの大往生で亡くなったんですよ。東京から駆けつけて、兄貴と二人で遺体のそばにいたら、親戚のおねえちゃんの夫が遅れてやってきて。

見たら、ヅラかぶってたんですよ。

大根 それまでは薄かったの？

マキタ そうですよ。突然ふさふさになってるから、親戚一同で「えっ？」ってなって。でも「ヨシダさんそれは？」って聞ける雰囲気じゃないんですよ、葬式だから。

清水 あたりまえでしょ！（笑）

大根 一番のテーマは、おばあさんが亡くなったことだしね。

マキタ 絶対「いまだ！」と思ってかぶってきたはずなんです。この場ならツッコまれないって。

大根 じゃあ、その日がヨシダさんのヅラスタートなわけだ。

マキタ 人の死を、ヅラデビューのタイミングにしたんですよ。あと、みんなに一度に周知できるって思ったんじゃないですか。

清水 確かに。勉強になるね。

マキタ 昔から、ヅラは転勤のタイミングでかぶる、とか言われてきましたけど、このコロナ禍明けがそういうきっかけになることだってあるわけですよ。

ピン芸は、人間性を見られている

大根 清水さんもマキタさんも、お目にかかるとすごく常識人じゃないですか。イッセー尾形さんとかもそうなんですけど、ピンで活動されている方にはなにか共通点がありますね。すごく常識人に見えるけど、本当はちょっとおかしい。フツウぶってるっていうか。

清水 そりゃあ、二人でやりとりする漫才のほうが自然ですよ。ピン芸って圧倒的に不自然。一人で大多数を相手にしゃべるんだから。でも映画監督も、ピン芸の究極かもしれないですよね。

大根　言われてみればそうか。

マキタ　ただ映画監督は、一人で大勢の人を動かすわけで、相当なカリスマ性が備わっていないとできない。それは素直にすごいなって思います。

清水　ピン芸って、実はネタよりも人間性を見られてる部分が大きい。……と、かつて言っていたのは確かマキタさんじゃなかった？

マキタ　そんなこと言ってましたっけ。私。

大根　「M－1グランプリ」に比べて、ピンの「R－1グランプリ」のほうが盛り上がりに欠けるのは、そういうことかもしれませんね。純粋な芸より、無意識に芸人の裏側のほうに気を取られてしまう。

マキタ　漫才の場合、観客と芸人は三角形の関係性ってよく言うんです。でもピン芸は観客と1対1。こっちがボケて、観客にツッコませるっていう関係性で絶対にいなければならないのは、しんどいときもありますね。ミチコさんみたいに、「野上照代のモノマネをやりたいからやる」モードに入れれば別ですけど。

清水　（野上照代さんのマネで）いまの時代の編集なんて切った貼っただから、誰でもできるわよ。黒澤の時代は違いますからね。

大根　出た。（笑）

『婦人公論』2020年7月28日号より

こやぶ かずとよ
1973年大阪府生まれ。お笑いコンビ「ビリジアン」でデビュー。解散後、吉本新喜劇に入団。2006年に座長に就任し、舞台やテレビ番組で幅広く活躍する。

かわたに えのん
「indigo la End」「ゲスの極み乙女。」「ジェニーハイ」「ichikoro」、ソロプロジェクト「美的計画」、「DADARAY」のプロデュースなど多岐にわたり活躍。

清水さんのモノマネ被害者でもある川谷絵音さんと、ともにバンド「ジェニーハイ」を組む小籔千豊さん。想像を超える秘話をどんどん繰り出して

J-POPシーンで曲を作り続ける

清水 一緒にバンドやろう、と声をかけたのはどっちだったの？

小籔 MCを務めていた番組『BAZOOKA!!!』の打ち上げの席で、スタッフからバンド企画の話が持ち上がって。それなら、レギュラーメンバーになったくっきー！と（中嶋）イッキュウさんと一緒にできたらいいな、と思いました。

清水 小籔さんはドラムがうまいしね。

小籔 でも、ほんまもんのミュージシャンはイッキュウさんしかいない。やるなら、補強メンバーが必要です。それで僕が挙げた名前が、新垣隆さんと川谷さんだった。

清水 すごい組み合わせ（笑）。よくその名前を思いついたね。

小籔 新垣さんは例の騒動後、最初に出た番組が『BAZOOKA!!!』だったから。あとは誰に曲を作ってもらいたいかを考えたとき、僕が「ゲスの極み乙女。」が好きだったのと、いくつものバンドを掛け持ちしている川谷さんなら引き受けてくれるんちゃうか、と思って。

清水 川谷さんもよく引き受けたもんだね。

小籔 「自分のバンドで手一杯」と言わない気はしましたね。

清水 そもそも、4つものバンドを同時進行してる人なんて、滅多にいないでしょう。

川谷 自分で曲を作って、歌ってるミュージシャンではいないでしょうね。ソロプロジェクトや楽曲提供もやってますから、常に曲を作ってる感じです。

清水 量産型の川谷さんにとって、「ジェニーハイ」はひとつの挑戦だったんだね。

小籔 新垣さんも川谷さんも「世間を騒がせた度」で言えばマックスだから絶対面白いし、音楽の才能はえげつない。冷静に考えれば加入してくれるわけないいんですが。

川谷 当初は楽曲提供のみの依頼だったんです。でも収録中に、小籔さんとくっきー!さんが「じゃあギターも弾くってことで」って当たり前みたいに言うので、流れでメンバーになっちゃった。カメラが回ってるところで言われたら、やるしかない。（笑）

清水 川谷さんは、子どものときからいまの片鱗はあったの？

川谷 五島列島に劇団を主宰するおじいちゃんと日本舞踊家のおばあちゃんがいて。美空ひばりさんの歌がずっと流れてるような環境だったんです。島のおじさんたちに「うまいな」と褒められながら、「川の流れのように」なんて1000回以上は歌ったんじゃないかな。ただ父は教師なので、ちゃんと勉強することは求められました。

小籔 川谷P（バンドのプロデューサーなのでこう呼ぶ）は大学院まで進まれてらっしゃるので。

川谷 応用分子化学を専攻してました。セラミックの研究室に入ってるときに「CD出しませんか」っていう話になって。最終的に親に相談して退学を決めました。

清水 バンドを複数やることとは、最初から考えてたことなの？

川谷 はじめに組んだ「indigo la End」がなかなか売れなくて。それと別に趣味の気持ちで始め

清水　たのが「ゲスの極み乙女。」なんです。いくつも同時にやってると、いきなり歌うことになったとき歌詞が出るもんなのかね。

川谷　確かに出ないとき、あります。だって僕、紅白でもちょっと間違えましたもん。（笑）

小籔　いいんです。あの加山雄三さんだって、少年隊の「仮面舞踏会」を「仮面ライダー」ってでっかい声で言い間違えたんだから。

子どもの頃から食べ慣れていないと

清水　小籔さんが舞台に立つと、やっぱりピシッとしまるって、野沢直子さんが褒めてたよ。座長になって、家族は大喜びなんじゃない？

小籔　90代のおばあちゃんが長生きしてくれてて、「お前がテレビ出てるからや」って家族からも言われますね。足が悪くて舞台にはこられないから、テレビの音量をマックスにして見てるらしくて。「ジェニーハイ」のことも「よかったなあ」って言ってくれます。

川谷　聴いてくれるのは、嬉しいですね。

小籔　このおばあは本当に堅い人で、小さい頃から僕をなんとしても国立の大学に入れて、ゆくゆくは公務員にしようとしてたんです。小学生のとき、「東大京大阪大……」って国立大学の名前を賢い順に言わされとったくらいで。

清水　小学生にそんな呪文を！

小籔　高校もまあまあな進学校に進んだんですけど、高2あたりで尾崎豊的な心というか、将来への疑問みたいなのが芽生え始めて、１１００人しかいない学年で１０９８番まで成績が落ちた。そんなとき友達と難波を歩いてたら、劇場の前で憧れのバッファロー吾郎さんが呼び込みしてたんです。

清水 小籔さんが高2ってことは、90年代に入ったばかりの頃だね。

小籔 舞台にまずバッファロー吾郎さんが出てきて、時速150キロの笑いの球をバーンって投げる。そのあと聞いたこともない千原兄弟っていうのも、150キロの剛速球。やっぱりプロの芸人は違う、と感心してたらその次の次に出てきた人が110キロくらいの球を投げてて。

清水 そりゃ遅く感じるね。

小籔 なのにそいつ、そのあとのゲームコーナーで、バッファロー吾郎さんと仲よくワイワイ戯れてる。代われボケ、と思うでしょう。

清水 あははは。それが芸人を目指した理由？

小籔 友達はこれから4年かけて大学に行く。僕はとても行かれへん。なら同じ4年間で芸人の勉強やって、それからなにか探してもいいんじゃないかと思いました。

清水 おばあちゃん、がっかりしてたでしょう。

小籔 しばらくは懲りずに、予備校に行かせようと粘ってました。

清水 そうだ、小籔さんはお肉をまったく食べないけど、それはそのおばあちゃんからの教育？

小籔 いいえ、そのおばあの夫のおじいですね。療術師だったんで、うちの診療所では健康食品とか自然食品みたいなものも販売してて。僕は小学4年生のときにはじめて白米食べたくらいですから。

清水　じゃあずっと玄米だ。

小籔　20代のとき、意識高い系の女が「玄米って知ってる？」って言ってきたことがあったんですよ。誰にぬかしとんねんお前、麦なんて子どもの頃に食うたことないやろ、と内心思いましたね。（笑）

川谷　特殊なものが多そうですね。

小籔　玄米で言えば、殻を多く残したタイプでしたし、水道水もアルカリの石を沈めないと飲んではいけなかったですね。あとは大麦若葉を削った粉。当時は青汁なんて呼び名はなくて、うちで売ってたのは「グリーンマグマ」って名前でした。あとは、酵素。

清水　早い！　いまの流行りを先取りしてたんだ。

小籔　子どもの頃は風呂上がりに酵素飲まなかったらどつかれとったんですよ。アイスもケーキも食べさせてもらえませんでした。

清水　よく我慢できたね。

小籔　それが当たり前の生活だったんで、なんとも思わなかったです。で、年齢とともに禁止されていたものを食べるようになったり、食べさせられてたものをやめていったりしたんですが、やっぱり子どものときから牛豚鶏を食べてないと、味がもうダメなんですよ。何度トライしても、おいしいと感じられる体にはもうならなかった。

清水　じゃあ、「ジェニーハイ」で打ち上げするとき、困るでしょう。

川谷　くっきー！さんはくっきー！さんで、生魚が食べられないんです。だから寿司も、焼肉も、もつ鍋もダメ。間をとって、うなぎとかになります。（笑）

清水 川谷さん、好き嫌いは？

川谷 きゅうり以外ならなんでも食べますよ。小さいときに夏祭りで、ものすごくまずい一本漬けを食べちゃったんです。あと、あたったことはないけど、牡蠣かな。

清水 私はあたったことあるの。ものすごくつらいんだから。

小籔 僕も舞台の直前に食べたカキフライで、調子悪くなったことあります。しかもそのときシスターの衣装だったんですよ。スカートでしょう。讃美歌流れてるなか、舞台上でもらしたら大惨事じゃないですか。あれはつらくて長い50分だったなあ。

川谷 「ゲスの極み乙女。」がほぼはじめてテレビに出たときのことなんですけど、マネージャーから「ドラムの子がお腹下してて、今日は行けない」って連絡が突然入ったんです。見るとベースもフラフラしてて、そのうちマネージャーまで行けないって……。

清水 何があったの？　そんな大事なときに。

川谷 とにかくドラムがいないと始まらないので、急遽「indigo la End」のドラマー、男性なんだけど、曲を覚えてもらいました。でも、カメラワークはドラムのアップからスタートするんですよ。記念すべき初出演に、まったくの別人から映し出されるっていう。（笑）

清水 こんなときに、バンドの掛け持ちが役立ったね。

川谷 前夜、メンバーたちとの帰り道、ごはん食べようって言いそびれているうちに、キーボードの子だけ先に降りちゃった。結局残りのみんなで牡蠣鍋を食べに行ったんですけど、僕だけたまたま違う鍋を食べて。だからキーボードの子は、なんでみんながお腹壊してるかわからなかったと思います。

清水　一人だけごはんに誘ってないから、説明しづらいしね。
川谷　以来、牡蠣は食べないっていうのが僕たちの決まりごとです。

姓名判断の英才教育も授けられ

清水　川谷さんは芸名だけど、小籔さんの「千豊」は本名だよね。
小籔　例のおじいがつけたんです。おじい、占いもやってたんで。そっちは父方で、ちなみに母方のおじいちゃんは山伏でした。
川谷・清水　ええっ⁉
小籔　占い師と山伏が合わさったら、そりゃ芸人になりますわ。おばあはよく僕を公務員にさせようとしたな、と思いますね。
清水　小籔さん自身が占いをすることは？　向いてそうだけど。
小籔　僕はまったく。ただおばあに「この先、どんな仕事に就いても副業でできるから覚えろ」って、小学生のときには古い姓名判断の本を渡されてましたね。ドラマに犯人が出てきたりするじゃないですか。その場で名前の画数調べて、ダメ出しとかさせられるんです。
川谷　僕も、占いとかけっこう好きですね。一度、自分の運気はこのまま下がってくんだ、終わったなって思ったことがあったんで。
小籔　なにかあったんでしょうね。
川谷　ですね（笑）。その頃、人前に出る気分にはなれなかったけど、ある集まりに誘われて行ってみたら、遠くから誰かが話しかけてきたんです。「あなた、２０１８年以降は大丈夫よ」ってでかい声で。

清水 え、誰？　空耳？

川谷 いや、ちゃんと人で（笑）。でもとても返事できるような距離じゃないんですよ。あとで聞いたら、有名な占いの方だったらしい。

清水 その言葉はあたってた？

川谷 18年以降、確かに調子がよくなってきたんです。そういうものをまったく信じずにきたんですけど、興味が湧いていろいろな方に見てもらうようになりました。頼りたいとかすがりたいとかじゃなくて、占いの人って、みんなすごく話が面白いんですよね。定期的に会うと精神衛生上よくて。そういえば小籔さんも、「ジェニーハイ」ってバンド名をつけるとき、いろいろ気にされてましたよね。

小籔 変に知識がある分、「ああ、よくない名前」って思うのがいやで。それこそおじいが亡くなったあと、子どもの名付け依頼がおばあにくるようになったんです。そしたらお前も考えてみろって。

清水 子どもながら、仕事にしてたわけだ。

小籔 おばあと僕とでいいと思うのをひとつずつ出すと、大抵の方が僕の出したのを持って帰るんです。だっておばあが出すのは「新之進」とか「〇〇麿」とか古くさい変な名前ばっかなんですよ。いくら画数が完璧でもあかんでしょう。それで「なんでか、お前のばっか採用していきよるな」って。

清水 あははは。三谷（幸喜）さんも役の名前を考えるとき画数を意識するらしいんだけど、やっぱり長く続いている大企業って、それなりにいい画数だって言ってた。

小籔 確かに、最悪なことをしてしまった人、たとえば罪を犯してしまった人とかでいい名前は見たことないですね。かといって100点の名前をつけられたはずの僕が、デビューしてすぐに売れたわけでもなし、結婚した日の給料が2万だったり苦労したわけで。

身近な人を大切にしてこそ

清水 いまの小籔さんはすごく充実して見えるね。ドラムの練習も楽しいでしょう。

小籔 楽しいですけど、つらくて苦しい、もあります。ほかのメンバーに迷惑をかけたくないから、ここ2年はあんまり飲みに行かなくなりましたね。

川谷 小籔さん、スタジオ用の部屋も借りてて、朝7時から練習してたりするんですよ。

小籔 「まじめですね」なんて言ってくださる方もいますけど、大河ドラマの話がきたら、誰だってその時代のイントネーションとか、必死に練習しますよね。同じです。

清水 本業じゃないから余計にね。

小籔 川谷Pは僕らに合わせて、楽曲のレベルを少し落としてくれてるとは思いますけど、本当に難しい。ただ、一所懸命練習すれば、それまで全然できへんかったことがだんだんラクにできるようになる。この年齢でそういう実感を得られるのは楽しいですね。

川谷 僕は、週刊誌やテレビで叩かれたのを境に生活が大きく変わって。たとえば仕事の現場で挨拶するじゃないですか。それだけで「いい人ですね」とか言われるんです。

清水 私はそんな印象も持たずにマネしてたけど（笑）、世間はそんなものなのかなあ。

小籔 あの時期、しばらくテレビは見んとこう、と思ったんですって。半年以上経ってもう大丈夫だろうとテレビをつけたら、まだ自分の話が出てて驚いたらしいです。

川谷 一番つらいのは、僕の音楽を聴くのはダサいと思われることでしたね。ただ「イメージが悪いから聴いてもらえない」ことがわかった以上は、接地面を増やせばいい。仕事は断らなくなりました。

清水 「ジェニーハイ」で、接地面は増えた感じがする？

川谷 大きかったです。小籔さんたちから入って、「いい曲だな」と思ったら実は僕が作ってた、で全然いい。僕の名前、ツイッターの検索ワードに入れると、「川谷絵音　くやしい」がめっちゃ出てくるんですよ。

小籔 「いい曲だから誰が作ってるのかを見たら、川谷Pだった。くやしい」ってこと。

川谷 バラエティも、ドラマもやってみようと思いました。曲もいろいろな人に作って。「まずは聴いてもらう」ことにこの2年間はやっきになっていた気がします。それに小籔さんとバンドを組んだことで、かなり人間が丸くなったんだと思います。以前の僕は、平気でツイッター上で戦っちゃったりしてました。それが「ああ、文句ばっかり言ってちゃいけない」って自然に思えるようになったんです。

清水 川谷さんはいい子だね。愛されて育ったんだろうね。

小籔 そう思います。ちゃんとした座敷で飼われた、育ちのいいマルチーズなんでしょう。

清水 いい話してるんだから、もっといい喩えないもんかな。（笑）

小籔 僕もとんがってたときがありましたから、彼がなにに憤りを感じているか、よくわかるときがあります。でも今日まで「川谷P、あんま怒らんほうがいいですよ」なんて、一度も面と向かって言ったことないです。だからいま、そんなん察していただいてたんだ、ってわかってすごく嬉しい。

川谷 2月にツアーライブをしたとき、聴きにきてくれた小籔さんの知り合いの数がすごくて。まわりから愛されてるのがよくわかるんですよ。そのとき思ったんです。身近な人を大切にして、相手からも愛されるいい関係が築ければ、いろいろうまくいくんだって。

清水 あんたたち、どんどんお坊さんみたいになってない？

小籔 なにせ僕は山伏の血を引いてますから（笑）。イジリにも、ツイッターの140字にも、好きな相手にも、仏の心を持つようにしていただけたらと願わずにはいられないですね。

清水 ちょっとあなた、新しい芸風見つけた、みたいな和尚顔で言うの、やめて！（笑）

継続は力なり

阿木燿子
ゲッターズ飯田

『婦人公論』2020年8月25日号より

げったーず いいだ
1975年静岡県生まれ。お笑いコンビを解散後、放送作家兼占い師として活躍し、独自の「五星三心占い」が評判を呼ぶ。『ゲッターズ飯田の五星三心占い』など著書多数。

あき ようこ
「港のヨーコ・ヨコハマ・ヨコスカ」で作詞家デビュー。山口百恵をはじめとするさまざまなアーティストに詞を提供、数多くのヒット曲を生む。2018年に旭日小綬章受章。

占いが好きな清水さんは、阿木燿子さんとともに、この先についてゲッターズ飯田さんに聞いてみることに。いつになれば落ち着いた日々がやってくる？

知っていれば心がまえができる

飯田 まずは占いましょうか。お名前と生年月日を書いて、そのあと手相を見せてください。

清水 さっそくありがとう。こういう取材のとき、必ず頼まれるんじゃない？

飯田 そうですね。でも僕、占いはいつも無償でやることにしてるんです。

清水 なに、そのノート！　もうボロボロじゃない。

飯田 17年くらい使ってるんですが、「紅茶とかこぼして、わざと汚してるだろ」ってよく言われます（笑）。では阿木さん、よろしいですか。

阿木 あら、もう？　早いのね。

飯田 変わった手相をしていますね。礼儀正しくて繊細な性格ですが、理屈っぽいところがある。探求心が強いものの、人の話を聞いているようで聞いてないことのほうが多い。長い話がきらい。寂しがり屋なわりに、べったりされるのがイヤなので、実は放っておいてほしい。段取りとお金の計算が苦手。根が完全に男の子で、心が12歳から成長していませんね。

阿木 えっ。

飯田 中学生にもなっていません。小学生のままです。

阿木　やだ。私、ちゃんと成長してきたつもりだったのに。（笑）

清水　あはは。残念でした。

飯田　では清水さん……、ああ、非常に真面目な頑張り屋さん。自由人のわりに、めちゃくちゃ真面目です。お二人とも根が男の子なんですが、清水さんの場合は心が16歳で止まっています。

阿木　あ、私より大人！

清水　16歳で大人に感じる。（笑）

飯田　お二人は社会的なルールから逸脱しないものの、なにか人とは違うことがしたい、それを探したい、という気持ちが強いですね。

阿木　私の根っこが男だっていうのには納得。そもそもこういう仕事を続けていると、自分のなかの男性度がどんどん上がっていく感じがするし。占いって面白いわね。私、大好きなの。

清水　占い好きになったきっかけってなんだったんですか？

阿木　母方の祖父が四柱推命学の占い師だったの。私たちきょうだいは生まれた瞬間に祖父にみてもらっていて、家族一人ひとりをみた紙が残されてるんです。わが家のお正月は、その紙を見るところからはじまるの。私の場合は2年運でめぐりが書いてあるんだけど、それを見ながら「今年はこういうことに気をつけましょう」なんて言い合って。

飯田　その占いの使い方、いいですね。別に全部信じなくていい。でも、知っていれば心がまえができますから。なにも知らずに転ぶよりはいいじゃないですか。

清水　ゲッターズさんはお正月に今回のことを予言してたよね。

飯田　２００年に一度、価値観が大きく転換する年がやってくるんです。今年はちょうどその年だったので、それはどの占い師もわかっていたことじゃないかな。

清水　私も阿木さんも、ライブができるか心配なんだけど。

阿木　会場にお客さんをたくさん入れられないとなると、採算も合わないし、いままで通りのやり方ではできなくなりますよね。私も、24年間続けていたライブハウスを閉めたので。

飯田　いわゆる大企業、古い流れを汲むとても堅いところが、あと1年で崩れる、というのが出ています。それを筆頭に、古い仕組みのようなものが通用しなくなる。そして庶民の時代、忍耐の時代が続き、23年から24年にかけて世界の流れが一気に変わります。

阿木　面白そう。それは誰かヒーローみたいな人が出てくるっていうこと？　もしかすると、ゲッターズさんだったりして。（笑）

清水　このマスクは、別にヒーローと関係ないと思います。（笑）

飯田　アメリカでいえば、独立戦争がちょうど２４０年前に起きています。占いでは１２０年に一度、同じようなことが起きると考えるんですが、ちょうど今年がそれにあたる。

清水　ちょっと怖いような話だね。日本の場合はどう？

飯田　天下分け目の戦いと言われた関ヶ原の合戦は１６００年。干支でいう「庚子」の年で……。

清水　まさか今年なの？

飯田　はい。同じ十干十二支は60年に一度なので。ただ徳川側が勝利しても江戸幕府が成立するまでに3年、豊臣家が滅亡する大坂夏の陣まで15年もかかっている。つまり社会の仕組みが大きく変わるとき、体制が落ち着くまでにそれだけ時間がかかることは、過去からの例

阿木　でも示せるわけです。

飯田　歴史は繰り返されるって言いますよね。ただ国とか社会とか、そういう大きな運の下では、個人の運は包含されてしまうのでは？　いくら個人の運気がよくても、国の運気が下がっていたら意味ない気がするのだけど。

清水　だから、より個人がしっかりしなければいけない、とも言えるし、「価値観の転換」というのは、そのことを指しているわけです。お金とか土地とか大企業とか、目に見える価値には終わりがきて、これからは目に見えないものに価値が出たり、流行ったりする……。

飯田　目に見えないものって、なんだろう。通信とか精神とか？

清水　コロナ禍が起きるまでなにかわからなくて、正直5G関連かな、とか思ってたんですよ。それが、まさかウイルスとはね（笑）。そっちかい！　って感じでした。

飯田　ポジティブなものか、ネガティブなものかで、結果が全然違っちゃったね。

清水　大丈夫ですよ。24年から日本は爆発的に運気がよくなりますから。

「占いなんてインチキ」と思ってた

阿木　若いのに、ゲッターズさんって達観してますよね。占い師だからというより、放送作家さんの面があるから客観的なのかな。

飯田　「占いなんてインチキ」っていう否定の気持ちからこの世界に入っているからかもしれません。

清水　じゃあどうして占い師に？

飯田　大学の落研時代に、ネタ探しで占い師さんのところに行ったのがきっかけです。その先生から「あなたは芸人と占い師が向いてる」って言われて。

清水　両方とも当たってる。でも、「占い師に向いてる」って言われたらびっくりするね。

飯田　そのとき「○ヵ月後に彼女ができます」とも言われて、「どうせ僕の年頃を考えて、適当に言ってるんだろう」くらいにしか思わなかったんですけど、しばらくして彼女ができたら、ちょうどその時期で。そこから面白がって、先生のもとに通うようになりました。

清水　その人が師匠なんだ。

飯田　先生は占うとき、さっきの僕みたいに、ある本を毎回見るんです。「あれ、先生がすごいんじゃなくて、もしかして本がすごいんじゃないか」って思っちゃって。

清水　あははは、失礼だなあ。

飯田　それを伝えたら、「飯田さん、この本はあげられないけど、あなたがきちんと勉強したら、この本以上のものがつくれます」って言われたんです。「ありとあらゆる占いの本を読んだうえで、いろいろな占い師の方を訪ねてみれば、いずれわかります」って。そこから本当にあちこち行きました。

阿木　「新宿の母」とか、そういう有名な方のところも訪ねたの？

飯田　生前、お仕事でご一緒しました。新宿のお母さんは、１００万人以上の人をみたんじゃないかな。並んでいる人たちのために、飲み食いもトイレも我慢するような方で。それで体調を崩してしまわれた気がします。

阿木　それはもう使命感なのかな。

飯田　戦後の混乱期に、ご自分が占い師さんに救われたところがあったらしくて。その恩返しのような気持ちで、最後まで占いを続けていたみたいです。儲けは考えない人で、ものすごい額を寄付していましたよ。

「無駄遣い」にけじめをつけて

阿木　やっぱり貯め込むだけじゃダメよね。入った分は出さないと。

飯田　阿木さんはお金のことに疎いタイプじゃないですか。

阿木　本当に。私の人生、たくさん無駄遣いをしてきましたね。人生をやり直せるなら、きっとこれはやらないだろうな、行かないだろうなっていうことがたくさんある。(笑)

清水　一番大きかった散財はなんですか。

阿木　スナックのあとにはじめたライブハウスかな。24年間やってて、去年はじめて店長から黒字になりました。しかもたった43万円！　これはもうダメだな、と。

飯田　赤字続きなのに、よくそんなに長く続けられましたね。

阿木　本当に道楽を超えているわよね。愛着を断ち切れない性格で、11年の震災後に一度、お店を閉めたんです。閉店の告知をしたらお客様がたくさん来てくださって。そしたらなんだかすっごく寂しくて、お店が泣いているような気がして、また再開したの。まるで閉店詐欺(笑)。そこから10年近く頑張ってはみたんだけど。

飯田　でも、社会貢献にはなったんじゃないですか。

阿木　そこで育ってくださったアーティストさんとか、そのファンの方とかがたくさんいて。今回閉店のお知らせをしたら、皆さん連絡をくださったの。ひとつひとつ読んでいたら、お店は多少なりともこういう方たちの役に立っていたんだな、とは思えた。でも来世は絶対やらない。(笑)

清水 とは言いながら、再開することもあったりして？

阿木 それはもうないの。実は今日がお店の引き渡し日で。ここへ来る前に見たら、きれいにスケルトンになってました。

清水 お店をはじめたり、閉めたりは、直感で決断するんですか。

阿木 私、とっても軽率なの。スナックをはじめるときは、「港のヨーコ・ヨコハマ・ヨコスカ」が売れたときだったのね。通りすがりにふと見たら、「スナック売ります」みたいな貼り紙が出ていて。350万円を払えば居抜きでオープンする権利が得られると。〝おでもと〟まで残ってて、主人も面白がって「やろうよやろうよ」なんて言うもんだから。

清水 目に浮かぶ。いい夫婦だなあ。

阿木 1週間後には、いきなりママ。最初の頃は「ママ」とか呼ばれてちょっと触ってくるような人を邪険に払いのけたり、おしぼりを渡すにも、「あっちっち」なんてお客様に向けて放り投げたり。それに私、人の顔が覚えられない病気なの。

飯田 いいえ、阿木さんはその人に興味がなかったんです。

清水 占いにそう出てるそうです。(笑)

阿木 向こうはボトルが出てくるのを待ってるんだけど、出しようがなくて、「どこかに紛れちゃってるみたいです。お名前、あ行でしたっけ？」なんて聞いたりして。(笑)

清水　忘れてるの、バレバレ！

大切なことは「長生き」の先に

清水　ところでゲッターズさんって、すごい才能の持ち主なのに、なんで名前をそのままにしちゃったの？　言っちゃなんだけど、あまりにも当たらなそうじゃない。
飯田　「ゲッターズ」というコンビを組んでて、相方が緑内障になって解散したんです。でもその後も楽屋に「ゲッターズ飯田」って貼ってあったから、なんとなくそのままやってます。
清水　流れのままなんだ。そのマスクは？
飯田　解散のちょっと前から放送作家になって。しばらくメディアに出てなかったので、テレビに出るとき顔を出したくないって言ったら、スタッフが「マスクならいいか」「じゃあ赤だ」「おでこにGだ」って、こういうことに。
清水　逆らわずにいくほうがいい人生なんだね。
阿木　ゲッターズさんは、前世とか来世って占わないんですか。
飯田　前世は仏教徒の考え方なので、占いとはまた別物なんです。ただ個人的に、そういうものは信じてますけど。
阿木　私、前世とか来世を信じたほうが夢があると思うの。
飯田　いまとは逆の立場になると考えてください。女性は男性に、いじめられっこはいじめっこになる。以前ロケで訪ねた寺で、90代くらいの住職が読書をしてたんです。見ると、初心者用の英語の教本で。思わず「いまから英語を学ぶんですか？」って聞いたら、「来世の

清水 私は、英語圏の人間になる可能性が高いですから」って。

飯田 ポジティブ！　90代になっても前向きな考え方の人ほど忙しいものだね。

清水 今回のコロナ禍でみんなが直面したのは、「生き死にを考える」ことだったと思うんです。

飯田 これまでは、長生きをすることを第一に考えてきたからね。

でも大切なことは「長生きして、なにをするか」じゃないですか。生きることをいかに楽しむか考えるきっかけになったのは、よかったような気がしています。お二人は、この状況を楽しめるタイプですから。

清水 確かに私、いま多幸感がすごくて。「今日も暇なんだ」と思うと、仕事がない焦りより幸せで。

阿木 家でやらなきゃいけないこともたくさんあるし。ゲッターズさんのおっしゃるとおり、私は小さい頃から学校も団体行動も苦手で。家にいると気分が暗くなる人もいるかもしれないけど、自分だけの世界を持ってれば、それはまた幸せなことよね。

飯田 コロナ禍への対応力がハンパない二人ですね。

清水 驚かないで。実は阿木さんと私、今日が初対面なの。

飯田 え、前からの知り合いじゃないんですか。お二人にかかると、僕にもわからないことだらけですよ。

人びとが「気づく」とき

榎木孝明
ヤマザキマリ

『婦人公論』2020年9月23日号より

やまざき まり
1967年東京都出身。フィレンツェ国立アカデミア美術学院で美術史・油絵を専攻。『テルマエ・ロマエ』で手塚治虫文化賞短編賞などを受賞。

えのき たかあき
1956年鹿児島県生まれ。武蔵野美術大学デザイン科に学んだのち、劇団四季に入団。退団後、連続テレビ小説『ロマンス』でテレビデビュー。数多くのドラマ、映画で活躍する。

考えを深め、自分に問うことを繰り返してきた二人は、初対面で意気投合。そこには、ときに「変な人」とカテゴライズされてきたという共通点がありました。

「思い」の力は筋力を超える

清水 榎木さんにお会いしたら真っ先にお聞きしようと思ってたことなんですけど、コロナ禍でも「不食」は続けてるんですか。

榎木 普段はやっていないのですが、コロナ禍で食べすぎて太ったので、この10日くらいは食べていませんね。大河ドラマの撮影も再開しましたし、本番中は特に食べないです。

清水 私、榎木さんがお書きになった「不食」の本を読んで、感動したんです。でも、いまは「ちゃんと食べて免疫力を上げなきゃ」と思っちゃって。

ヤマザキ それに食べて栄養補給しないと、集中力が切れてイライラしますしね。

榎木 そう感じる人は、食べたほうがいいですね。自分の感覚が健康に直結するので。「不食をやっている」という事実のみご紹介しただけで、世間に不食を勧めるつもりもなければ、マネをしてほしいわけでもないんです。ただ、私は食べないと本当に体調がいい。

清水 そうなんですね。それと、前にある番組を見ていて、「あれ、いまの榎木さんだった？」と思ったことがあって……。「気」で誰かを倒していませんでしたか。

榎木 ああ、それは私です。（笑）

ヤマザキ　なんですか、それ。
清水　相手に軽く触れただけなのに、すごい跳ぶの、人間が。
ヤマザキ　ちょっと榎木さん、仙人みたいじゃないですか。
榎木　まあ、霞を食べて生きておりますから（笑）。ただ、たまにバラエティ番組に出て、こういう話ばかりしていると、みんながすーっと引いていくのがわかりますね。
清水　面白かったんだけどなあ。でもこのコロナ禍で、スピリチュアルな話を求める人は増えてるように思いますが。
ヤマザキ　歴史的にも、パンデミックが起きる流れのなかで、人びとはそういう話を求めてきましたよね。ノストラダムスも、「変わった預言者」みたいな扱いを受けていますが、実は彼、感染症の専門医で、ペスト治療にあたっていたんですよ。
清水　えー、知らなかった。
ヤマザキ　私のなかにも、超常現象のようなものを見たい、聞きたい、と欲している自分がいます。いま、世間に溢れているものの大半が、専門家の解説とか、合理的な話ばかりじゃないですか。でも世の中には、説明のつかないこと、合理的じゃないことだって、もっとあっていいはずなんです。
榎木　私は20代の頃、薩摩示現流という、薩摩に400年続く古武道をやっていたんです。言葉を選ばずに言うなら、人を殺すための武道なので、とても強い。死ぬことを恐れない集団の武道だから。
ヤマザキ　確かに、命を惜しまない人たちが一番怖いでしょうね。

榎木　でもいろいろやりすぎたら、膝や腰を痛めてしまって。以来、筋トレは一切やめ、筋力に頼らない古武術へと移行していったんです。

清水　筋肉以外のなにを鍛えると、武術や気に繋がるんですか。

榎木　うーん。見ての通り、私は細腕ですが、日々鍛えているマッチョな方と腕相撲をしても、十中八九負けたことがありません。気、といった大げさなものではなくて、どちらかというと「思い」です。

清水・ヤマザキ　え、思い？

榎木　筋力という発想は、明治維新の際、政府が軍隊を教育するためにヨーロッパから取り入れたものなんですね。おそらく、江戸時代までの日本人は筋トレをしていない。でも、日本人に本来備わっている身体能力は、すごいものがあったはずなんです。

清水　じゃあ、特別な訓練はいらないわけですか。

榎木　古武術の発想があれば、力まずに人を抱えることもできます。

ヤマザキ　介護とかにも応用できそう。でも、思いっていうのがなあ。私、念だらけで。

清水　わかる。あと、「できるわけない」っていう意識のストッパーが働いちゃう。

榎木　だから「常識は捨てましょう」ってよく言うんです。でも変な人だと思われる。（笑）

ヤマザキ　理解しづらい話を聞いたとき、「変な人」と分類したほうがラクですから。私もたいてい「変な人」として処理されます。

榎木　ブログも、もうコメント欄が荒れて大変。でも「宗教」とか「オカルト」とか「スピリチュアル」とか、わかりやすさのためにそういう言葉を使うことはありますけど、その枠のなかでなにかを語るのはとても小さいことだと思いますね。本来、人間は無限の可能性を持っていて、そこには宇宙的なものが内在しているはず。

ヤマザキ　今回のコロナ禍で注目すべき点は、全世界が同じ問題について考え、論じ、対処していく現象だということですよね。

清水　しかも、それを全世界が同時に知りうる環境も整備されてるのは、史上初じゃないかな。

榎木　だから私は、コロナ禍をある意味ビッグチャンスだと捉えているんです。全人類が同じ問題に取り組むことは、「地球人」という単位で繋がれるチャンス。各自が「アメリカファースト」などと自己主張してたらもったいない。

ヤマザキ　私は日々、各国のテレビ番組やネットをつけっぱなしにしているのでつい比較してしまうんですが、日本と他国の違いは、特に首脳陣のスピーチに現れますね。ドイツのメルケル首相も、イタリアのコンテ首相も、言論の演出と説得力がすごい。紙を見ながら語ったりはしない。

清水　8月6日と9日の「原爆の日」の安倍さんのスピーチが、ほぼ広島と長崎の地名を取り換えただけだった、と指摘されていましたが。

ヤマザキ　たとえばうちの息子は海外育ちなので、先生の前で自分の考えを伝える訓練を小学校から受けています。でも、日本には弁論の教育の土壌がない。

榎木　将来、政治家になってから弁論力を求められても困りますね。

ヤマザキ　これって、弁論力＝民主主義というフォーマットがある海外では考えられないことなんですよ。榎木さんがおっしゃっていた、明治維新で西洋式の民主主義や軍隊教育といったシステムを取り入れたわりに、基本として取り入れるべきことは取り入れてない。まあ、日本で重んじられがちな世間的な戒律と民主主義なんて、本来両立するものではないのかと。だとすると、むりやり西洋式民主主義を取り入れようとしたから、こんな歪みが生まれたんじゃないか、という気もしていて。

ヤマザキ　両立できていたら、「変な人」は世間から排除されないでしょうね。

榎木　そう考えると、卑弥呼みたいなシャーマン的存在がいた時代のほうが、もしかすると日本は機能的だったのかもしれません。

清水　ちなみに、卑弥呼の頃は、日本人は宇宙とコンタクトしていたと言われています。

榎木　榎木さんは、やっぱり宇宙と交流があるんですか。

清水　もちろん、夢の中で（笑）。ちなみに私の言う宇宙人は、ごはんを食べなくても生きていける、政治がいらない、お金もいらない、医療が必要ない、そして時空を超越する……。

榎木　理想郷みたい。でもみんなが悟りを得たら、確かに政治は不要ですね。私、実は2ヵ月くらい前から、「瞑想しよう」と思って毎朝30分坐禅を組んでいます。

清水　実は私も（笑）。最近は寝る前に必ず「考える時間」を設けることにしていて。別に坐禅を組んだりはしないけど、客観的に自分を見つめるというか、自分から意識をひきはがす時間を持つようにしているんです。私なりのマインドフルネスなのかなって思いながら。

ヤマザキ　お二人はこういう話を嫌いじゃないと思うので、あえてしますが、私は若い頃から前世療法に興味があって。それでいまは、人に過去世を見せられるようになりました。

清水　いまも見えているんですか。
榎木　私は見えないんです。ただ、たとえば清水さんを瞑想状態にして、どういう過去世を体験されたのか、清水さんに見えるビジョンに映し出してあげることはできます。
清水・ヤマザキ　へー。
榎木　時代劇の仕事では、実在の人物をいろいろ演じてきましたが、そもそも、歴史は勝者が書き残したもの。勝者の都合で美化されている可能性が高い。嘘がいっぱいあるんですよ。
ヤマザキ　それは同感です。私は『プリニウス』という作品で古代ローマの皇帝ネロを描いていて。ネロといえば、暴君とか、キリスト教の迫害者のイメージなんですが、これも結局はキリスト教側からの見方でしかないわけです。だから10巻もかけて、かわいそうな社会の被害者として描いちゃった。
清水　ヤマザキさんは、作品を描いているとき、登場人物が乗りうつったようになるの？
ヤマザキ　なりますね。正直、キリスト教の描き方について、非難する人もいるかもしれない。でもネロの気持ちになったら、そう描かざるをえなかった、というか。
清水　イタコのようだね。
ヤマザキ　しかも、ネロが自死したシーンを描いた日が、偶然にもネロの命日だったんですよ！まるで意識していなかったのに！
清水　うわー。合理的な説明のつかない不思議なことって、本当にいくらでもあるもんなんだね。
ヤマザキ　ただ、これを夫に話すと、「はじまった、またマリの超常現象話が……」ってなっちゃう。

榎木　イタリア人は、理解できませんか。

ヤマザキ　みんな合理主義ですからねえ。いまのイタリアの自宅を見つける前に、別の物件を内見したんです。８００年前に建てられた塔で、不動産屋さんが意気揚々と「ここで60人が討ち死にしてます！」って勧めてくる。そういうお国柄です。

清水　榎木さんは、また海外に行けるようになったら、どこへ行きたいですか。

榎木　私はアジアが好きなんですよ。インドは13回くらい訪れているし、ヒマラヤも一人でトレッキングを何度かしました。帰りたくなくなると困るので、行きと帰りのチケットだけ買って、旅先でなにをするかは、着いてから決めるんです。

ヤマザキ　似ているかも。私も、わざと行先のわからないバスに乗って、「さあ、どうやってうちに帰ろう」みたいな旅ばかりしてきました。たぶんアウェー感が好きなんですね。

榎木　海外では、日本の常識は通じない。そういうところがいい。

清水　旅先だと、帰巣本能が働かない？　私なんて１週間ですぐに家に帰りたくなっちゃう。

ヤマザキ　私はほら、自分の家がどこかよくわからないから。

清水　いまはイタリアにずっと戻れていないわけですか。

ヤマザキ　日本にこんな長くいるのは、数十年ぶりだから、外国に暮らしている感覚がしますね。かと言って、イタリアが自分の家かと聞かれたら、違います。ポルトガルにも家はありますが、別に自分んちじゃない。

榎木　じゃあ、地球でいいや、となりますね。

ヤマザキ　そう。大気圏内であればどこでもいい。呼吸ができればどこでもＯＫ。

清水　「家は地球」って壮大！

清水さんの芸で日本は成熟できるか

榎木　清水さんは、不思議な存在を見たり感じたりすることはありますか。

清水　そういう力はまったくないんですけど、危ない場面で、不思議と「あれ？　助けられてるな」と感じることはよくあるんです。

榎木　それは、清水さんについている守護霊が、守ってくれているということだと思います。だから人間に、本当の意味での孤独はない。先ほど、過去世を見せられる、という話をしましたが、どの人も、時と場所と両親を、ちゃんと自分で探して生まれるんです。

清水　親に「産んでくれ、と頼んだわけじゃない！」というセリフをよく聞くけど、生まれる前に自分で選んでいるんだ。

ヤマザキ　ちょっと、私なりに腑に落ちたことがあるので、話していいですか。昔、私は経済生産率ゼロの貧乏なイタリアの詩人と、11年もつきあっていたんです。駅で寝泊まりするような貧しさ。ところが私、たまたまキューバにボランティアに行くことになって。

清水　自分の生活も苦しいのに、ボランティア！

ヤマザキ　さとうきびを刈るんです。そしたらその詩人、私が浮気してるんじゃないかと心配になって、なけなしのお金をはたいて、突然キューバにやってきちゃった。「どこかリゾートっぽいところへ行っておいで」って休みをもらったので、〈太ったマリア〉という海岸に行ったんです。私たち、11年も一緒でしたからいまさらそういう感じでもなかったんだけど、久々に会ったし、浮気の疑念も晴れて、まあそういうことが一晩だけあった。

清水　まさか、それが息子さん？

ヤマザキ　その海岸でできたの。

清水　突然、すごい告白を聞いた。

ヤマザキ　無収入の人間を二人も面倒みれないから、出産を機に詩人とは別れました。でもね、まったく意図せずできた息子だけど、彼を身籠ったから、11年も別れられなかった人とお別れできた。子どもを持った以上、生産性のあることがしたくて、漫画も描き始めた。

榎木　息子さんは、その時を、場所を、ヤマザキさんを選んで生まれてきた。

清水　なんだろう。ヤマザキさんって、すごくいろんなことを乗り越えてきて、本当にいい話をしているのに、全然その大変さが伝わってこない（笑）。話し方かな。

ヤマザキ　大変なことは笑い話に転換するに限ります（笑）。でも本当に毎日生きるか死ぬかだったんですよ！　ああ、今日はさまざまな気づきがありました。

榎木　「気づき」で言えば、清水さんの芸は、マネされた方の本質を見抜いて、多少デフォルメすることで、相手に気づきを与えているなあ、と思いますね。

ヤマザキ　瀬戸内寂聴さんだって、清水さんのモノマネを見て、多少の〝暴かれた感〟を感じてらっしゃるんじゃなかろうか。

榎木　人はなかなか自分を客観視できないですからね。でも、客観視できない国は成熟しない。私は清水さんの芸があれば、日本が成熟できると思ってます。突き詰めてください。

清水　嬉しいです。（編集者に）国の成熟には私が必要だって！　削らずに書いといてね。（笑）

宮藤官九郎
古田新太
そこにドラマがある

『婦人公論』2020年10月27日号より

ふるた　あらた
1965年兵庫県生まれ。大学在学中より「劇団☆新感線」に参加し、看板俳優に。バラエティ番組への出演など、活躍の場は多岐にわたる。

くどう　かんくろう
1970年宮城県生まれ。91年より「大人計画」に参加。脚本家、監督、俳優、ミュージシャンとして活動。ドラマ『池袋ウエストゲートパーク』『あまちゃん』『いだてん』などを手掛ける。

三人揃っての仕事は、15年前に放送されたドラマ『タイガー&ドラゴン』。話していて見えてくるのは、二人の持って生まれた不思議な力なのか——。

無観客のなかで芝居をして

清水　『タイガー&ドラゴン』での、古田さんとの漫才師夫婦役、いまだに「あれはよかった」って褒められるの。

宮藤　下敷きになっている「厩火事」自体がいい人情噺ですしね。

古田　奥さんが、自分のことを大事に思ってるか試すんだよな。

宮藤　長瀬（智也）くんの高座が終わったあと、客席にいた夫婦がみんなにお辞儀して、そのまま清水さんが遺影になる——何度見ても毎回あそこで泣けるって、確かによく言われます。

清水　私だって、自分なのにグッときちゃって。

宮藤　あれ5話なんですけど、ときどきあるんです、評判のいい回が5話あたりにくることが。『木更津キャッツアイ』のオジー（古田さん演じるホームレス）が死ぬのも5話だったし。

清水　そういえばこの間、NHKで『JOKE』っていう単発ドラマをやってたでしょう。

宮藤　あ、観てくださったんですね。謹慎中のお笑い芸人が、ネット番組を配信することからはじまるホラーもので。リモートドラマっぽいし、いまっぽいテーマなんですけど、企画は去年のうちに出してました。

清水　そしたらコロナで、芸人のYouTube配信が当たり前になったんだね。三谷幸喜さんの『大地』っていう舞台も、芝居を禁じられた俳優が出てきていまを彷彿とさせる話なのに、台本を書いていたのは去年だったわけでしょう。脚本家ってなんなんだろう。妙に鋭い勘があるのかな。

宮藤　うーん。別に狙ったわけでもないんですよね。

古田　こんなことが起きたら面白いなとか、イヤだなとか、大事件だなってことを考えるのが、日常になってるからじゃない？

清水　確かに言い当てたっていうより、察知したっていう感じがする。すごいなあ。そうだ、二人とも無観客の劇場で企画をやったみたいだけど手応えはどうでした？

宮藤　WOWOWが劇場別で番組をつくる『劇場の灯を消すな！』もあったし、古田さんは、KERAさんとのタッグで『PRE AFTER CORONA SHOW』の配信もしていましたよね。

古田　正直キツかった。

清水　お客さんの反応がないって、そんなに違うんだ。

宮藤　僕らは1ヵ月稽古したところで中止になったウーマンリブ公演『もうがまんできない』を、もう一度稽古し直して収録に臨んだんですけど、完成に近づけば近づくほど、笑い声が一切ないからどんどん虚しくなってくるというか。

古田　「テレビの収録だと思えばいいんだよ」って言う人もいるんだけど、リズムは狂う。だって舞台上に何人も立ってて、「ここで笑い声がくる！」って自信満々にわかってるところでシーンとしてるんだもん。

宮藤　当たり前だけどみんな真面目にやってるわけです。ギャグも全力で。たとえば荒川（良々）くんのセリフに、「お腹から腸を出して首に巻いて、ねじってねじって中尾彬」というギャグがあるんですけど、誰も見てないのに、よくやるなあと思って見てました。（笑）

清水　やらせておいて！　ある番組で、芸人のもう中学生さんが無観客でライブをしてたんだけど、途中から絶望感が顔に出てて。他人事ではなかった、あれは。

古田　逆に「これはウケねえだろうな」っていうのが、思った通りシーンとしてると、その状態がちょっと面白くなってきたり。

SNS、一切やってません

古田　この間ミッちゃん、『関ジャム（完全燃SHOW）』のゲストできてくれたよね。

清水　距離もアクリル板もあるから、実は二人くらい先の人がなに言ってるか、聞き取れないときがあって。勘で笑っちゃった。宮藤さんはコロナから退院した直後のラジオ、どうしたの？

宮藤　3回くらい、自宅から出演しました。スタッフが自宅にアンテナ立ててくれたら、まったく遜色ない音声で。ラジオって家からできるんだ、と知りました。

清水　怪我の功名（笑）。でも家族に聞かれながらしゃべるのって気になったりしない？

宮藤　そこなんですよ。やっぱり家族の前の自分とは別、というか。しかも安定的に電波が入る場所を探したら冷蔵庫の前で。（笑）

古田　おいらは舞台はなくなる、ドラマも映画も撮影延期で、一時は俳優の仕事なんてまったくなかった。あげく音楽フェスも中止になって、もうやることがない。だから昼に飲んで、夕方帰ってた。

清水 酒の前倒し？　聞いたことない！

古田 あとは、リモート飲みをする番組によく呼ばれた。

清水 なんで必ず酒がついてくるんだ（笑）。リモートで出るって言ったって、古田さん、セッティングできないでしょう。

古田 できない、ケータイもないから。やってもらうんだよ。

清水 相変わらず、まだケータイを持たない人生なんだ。

宮藤 いまだに持ってないの、（森山）未來くんと古田さんぐらいじゃないですか。

古田 あと、風間杜夫さんね。おいらも昔は事務所に持たされてたんだよ。まだ本当に出だしの、大阪にいた30年くらい前。で、あるときテレビ局に入ろうとしてピピピって鳴ったから、出たんだよ。そしたら「間もなく入り時間ですけど大丈夫ですか」って言われて。カチンときて捨てた。それっきり。

清水 短気すぎる。（笑）

古田 入ろうとしてる人に「大丈夫ですか」ってなんだよ。

宮藤 でもそれは先見の明ですね。

清水 確かに。いつでも連絡が取れて当たり前と思われることって、便利そうに見えて、実はものすごく不自由。みんな使ってみてから気づくものなのよ。二人ともSNSはやってないけど、まったく興味がないの？

宮藤　映画の宣伝のために、期間限定でやったことはあるんですけど、どうしても凝って面白いこと書こうとしちゃうんですよ。それで時間を取られるくらいなら、原稿料もらったほうがいい。（笑）

古田　ブログが流行りだしたとき、週刊誌とか月刊誌の連載持ってたから同じこと思った。原稿料もらって、本になったら印税ももらえるのにって。よく知らないけど、ツイッターってすごい社会的なことをつぶやく人もいるわけでしょ。あれはみんな、誰に向けて発信してるの？　独り言だから誰かに発信してるつもりはないの？

宮藤　いや、誰も読んでないと思ったら普通はやらないですよ。

清水　論破し合うことで盛り上がる男の人たちとかもいるし。

古田　まあ、女性は自分の話しかしないからな。ファミレスで女子高生がしゃべってるの聞いてると、誰も相手の話聞いてない。

清水　否定できない（笑）。「へー」って聞きながら、次は私、何しゃべろうかなって思ってます。

古田　男子は「てめえの話聞いてくれよ」が強いけど、女子は「聞いてくれなくていいからしゃべらせて」って感じがするね。

宮藤　カラオケっぽいですね。

古田　この間、スパゲッティ屋に行ったんだよ。そしたらチャラい男女がいて、男の子が女の子に一所懸命しゃべってんの。「俺、ダイアモンド✡ユカイ見たんだよ」とか何とか。

清水　なんだなんだ、そのオープニング。

古田　だけど女の子はずっと下向いてケータイいじってんだよ。そんでなにかの拍子に「へー」

って言ったら、突然男の子が「お前、今日この話するの3回目なんだぞ！」って。
宮藤・清水　あははは。
古田　「ダイアモンド✡ユカイ見た話ぐらい覚えてろよ」って。（笑）

僕ら世代のささやかな楽しみ

宮藤　そもそも古田さん、ずっとケータイいじってる人の気持ちもわかんないですよね。
古田　うん、やったことないもん。
宮藤　最近はちょっとわからないことがあると、すぐ検索するじゃないですか。
古田　それ、飲み屋でやられたら、すぐ止めることにしてる。「待て、もうちょっとおいらを苦しめて！」って。「なんだっけ。ああ、ヒントちょうだい！」「ヒントはダメ」「うわー」。
宮藤　それです。その正解が出てこない時間を、みんなで楽しんでたのに。
古田　居酒屋のバイトの子とか、苦しんでると勝手に調べて教えてくるんだよね。
宮藤　「あの映画、萩原流行出てたよね。タイトルなんだっけ」とか言ってるところに、萩原流行も知らない若いヤツが正解出してくると、僕はなんか腹立ってきますね（笑）。あと、なんの抵抗もなくエゴサーチして、それを公言する人も多くないですか。
清水　「恥ずかしさ」の基準が変わってきてるのかも。
宮藤　ラジオのＣＭ中にエゴサーチして、それをわざわざ言うパーソナリティの人もいるし。
清水　エゴサーチしてることなんて、もっと隠せ！（笑）
宮藤　これはエゴサーチじゃないんですけど、前に美容院で頭洗ってもらってたら、隣の女性が

清水　「宮藤官九郎と三谷幸喜の違い」をしゃべり出したんです。
宮藤　その人は宮藤さんだと気づいてないの？
古田　そう、顔にティッシュのせられてるから。その女性は三谷さん派なんだけど、ほかの美容師さんもきっと「ここに宮藤さんいるからやめたほうがいいですよ」と言えなかったんだと思う。面白いから最後まで聞きました。
宮藤　おいらも、打ち上げで居酒屋行ったら、さっきまで舞台観てたお客さんが「やっぱ新感線ってバカみたい」って言ってるのを聞いた。でもその通りだから、傷ついてもしょうがないと思った。
清水　（新感線の演出家の）いのうえ（ひでのり）さんは、お客さんが書いた観劇アンケートを楽屋の壁に貼り出しますよね。いい感想が書いてあるのかと思って読んだら、全部ひどいことが書かれてて。そのうえ赤線まで引いてあるんですよ。
宮藤　「次からこういうところを直しましょう」って意味なのかな。
古田　いや、どちらかと言うと、「こんなこと言ってるバカがいるぞ」みたいなニュアンスです。あれ、元祖エゴサーチの姿だなって思うんですよ。僕なんて、あまりにも役者を悪く書いてるアンケートは隠してたから。みんなすごい鍛えられるでしょうね。
清水　ミッちゃんは、観劇アンケートとか書いてた？
宮藤　自分が書いたことは一度もないかな。
古田　でもこの三人は、雑誌やラジオへの投稿はしてきましたよね。
古田　してた。『ビックリハウス』のノンセクション人気投票とか。

宮藤　『ビックリハウス』は僕も投稿してたけど、1回も載らなかったです。
清水　宮藤さんは、ラジオにネタを送ってたんだよね？
宮藤　正直に言うと、いまもたまに書いて送ってます。
清水　えっ、いまも？　匿名で？
宮藤　匿名で（笑）。最近は夜の1時に目覚ましかけて、『（JUNK爆笑問題）カーボーイ』聴いてます。もしかして読まれるんじゃないかって。
清水　読まれない？
宮藤　読まれませんね。でもこの番組好きだな、面白いな、と思うと送ってみたくなるんですよ。
古田　それで読まれないと、「しまったー。なにか違ったんだな」って凹むんでしょ。
宮藤　そんなに下ネタ求めてなかったんだー、とか地味に傷つきながら。
清水　宮藤さんが子どものころ、ラジオでハガキが読まれて、嬉しくて夜中に両親の寝室に行ったっていう話が好きなんだよね。
宮藤　中3ではじめてたけしさんの番組で読まれたときですね。2時半ぐらいに「読まれたよ！」って母親を起こしたら、すごい眠そうな声で「ああ、よかったね」って。（笑）
古田　たけしさんには話した？
宮藤　高田（文夫）先生には話しました。僕はたけしさんの〝面白の尺度〟は高田先生の笑い声で決まってると思ってた。だから、あの笑い声しか発していない高田先生になりたかったんです、ずっと。そういえばうちの娘も「読まれたよ！」って言いにきたな。
清水　お嬢さんは今、誰のファンなの？

宮藤　完全にジャニーズです。投稿したのもジャニーズの番組。やっぱりカッコよくて面白い人がいいんじゃないですか。

古田　まともに育ってるってことだよ。うちの娘は、松潤とか生田斗真とかが家でゴロゴロ寝てて、それを当たり前みたいに跨いでた。(笑)

清水　もったいない。男性観がおかしくなりそう。教育に悪い!

宮藤　それで、ジャニーズの人が出てる芝居を一緒に観に行ったら、ラジオネームで名乗ってましたね。向こうも「ああ!」って。

清水　さすが2代目!

宮藤　好きな番組に認められたいっていうのがあるんだと思いました。お笑いもずっと好きで、文化祭のコントやドラマの台本も書いてたりして、そこは受け継いでいますね。

清水　いいね。芸人への夢、まだ捨てないでほしいな。

犯罪者の心に思いを巡らせて

宮藤　古田さんから連続不審死事件の死刑囚、木嶋佳苗の話をやらないか、と以前から言われていたのが、ようやく舞台でできることになって。古田さんって実際に起きた事件の話が大好きなんですよ。

古田　ノンフィクションとかルポとか、本が出るとすぐ買っちゃう。シリアルキラーも、詐欺師も、新興宗教ものも。

宮藤　僕も木嶋佳苗に関するいろんな資料を読んだんですけど、あんなにひどい事件を起こすに

清水　至った背景がまったく見えてこなくて。いまだに不思議な気持ちです。

古田　普通は捏造しそうなものだけどね。「実は私、かわいそうな人生だったんです」とかって。それが一切ないから、逆にこわいんだよ。

宮藤　なにか読み取ろうとしても、大好きなお父さんと仲良くしてたら、それに焼きもちを焼いたお母さんが虐待してきたので嫌いっていうところくらい。でも犯罪者の背景としては、いまひとつなにかが足りませんよね。

古田　関西青酸連続死事件の筧千佐子も不思議だよな。

宮藤　鳥取連続不審死事件の上田美由紀も。それぞれにみんなタイプが違いますけど、「嘘でしょ？」っていうぐらい、全員モテてる。

古田　犯罪者がなにを考えてるか、なんでそんなことをしようと思ったのか、不可解だから興味があるんだろうな。痴漢で言えばさ、なんでここでおっぱい触ったらダメだって思わなかったのかな、って思う。それを演りたい。その不可解な人を演りたいんだよ。

清水　そういうエグさは、演劇だから表現できるのかもね。脚本を書いてて入り込みすぎて、自分が危うい気持ちになったりしない？

宮藤　それは平気ですね。逆に気持ちが離れていって、楽しく書けるのかもしれない。

清水　犯罪ものを作品にするときってお祓いに行ったりするの？

宮藤　それで言うと、『マクベス』は裏切りとか暗殺シーンとかが満載だから、海外では「マクベス」という単語を口にするのも不吉だと避けられてるらしいんですよ。

清水　日本でいう『四谷怪談』みたいな感じだね。

宮藤　僕、新感線の公演で『メタルマクベス』というのを書いたことがあるんですけど、途中でパソコンがぶっ壊れて。

清水　え、どれくらい飛んだの？

宮藤　1幕の半分くらいのデータがなくなっちゃって。仕方ないから思い出しながら書いたんですけど、それ、「マクベスの呪い」だと思うことにしました。

古田　おいらはいまおとなしくしてるけど、昔はお祓いの最中にずいぶんふざけたよ。お稲荷さんに向かってみんなが頭下げてるとき、「コンコン！」とか言って。

清水　もう、やめなさいよ。いるのよね、こういう男子。（笑）

古田　宮司さんの節回しとか、すげぇおかしいんだもん。劇団員全員を読み上げる宮司さんとかいてさ、うちの劇団なんてみんな名前が名前じゃん。「フランキ〜仲〜村、インディ〜高〜橋、木内〜黒社会」。ふざけた芸名つけちゃダメだなってこういうとき思うね。

宮藤　僕もタイトルでありますよ。「トゥ〜ヤング〜トゥ〜ダイ〜若くして〜死ぬ〜」って。（笑）

清水　それにしても、やっとこうして皆で一緒に稽古できるようになってよかったね。早くお客さんも満員で呼べるといいな。

宮藤　遠隔の打ち合わせもなかなか不思議ですからね。気がつくとZoomに10人くらいが参加してるんですよ。だけど最初から最後まで、一言もしゃべらない人がいたりする。

古田　かえって気になるよな。

宮藤　もしかしたら、まったく関係ないヤツなんじゃねえか、みたいな。

清水　またドラマできそう。（笑）

あとがき

この『三人三昧』をお手に取ってくださったあなた、たとえご購入であれ立ち読みであれどういう形であれご興味をお持ちくださり、誠にありがとうございます。雑誌『婦人公論』での鼎談シリーズが始まってから、このたび2冊目をこうしてまとめることができました。

私はただ好きな人と集まっては自由にしゃべっているだけなので、気楽なもんなのですが、いざ読んでみると1冊目の『三人寄れば無礼講』に比べ、なんだか意味が違う2冊目だなあと感じました。大きなところで、世間に新型コロナウイルスがはびこってきたことです。1冊目と2冊目は兄弟のように見えて、実は歴史的にも大きな流れをまたいでいた本なんですよね。3冊目はワクチンの使用前・使用後になるのかもしれません。ホントの話。

なので前半は「もうすぐオリンピックだね」などと話していましたが、後半からはやはりコロナについての話題が多くなっています。私も「YouTubeはやらない」と言っていたのに、コロナ禍の間にYouTubeチャンネルを開設したりして、気持ちや生活様式の変化もありました。そのため、ちょっとシリアスな人生観を交えながらも、三人それぞれの暮らしの中での実感や、その本音の面白さに読み応えがある一冊となっていて、そこには胸を張れそうです。といっても、お相手のお二人のおかげなのですが。

私たちはみんな、予想もしてなかったこんな悲しい経験をしながら、ふだんはできるだけ同じ挨拶で、同じ笑顔で、普通の態度でいよう、とまるで打ち合わせたかのように平和的な関係を保とうとしています。そこに人間的な優しさを感じられたり、逆にふと一抹の寂しさも感じたりします。自分もニュースで見るアメリカ人みたいに、お互いに抱き合って思いっきり泣いたりしてみたい、感情的に生きてみたい！　と、羨ましく思えることもありますが、そこは日本人のつつましさ。感情をあらわにはせず、和をもって精神的に大きな一つになろうとしている姿がやっぱり美しいし尊いものだなあ、と思えてきます。

この鼎談でも、三人でハグしあったり殴り合ったり、という激しい会話や罵倒こそありませんが、緊張感漂う世間の空気の中、しょうもない話や、情けないような話、ツッコみたくなるような会話で笑い合うことで、それこそ息抜きができてるという実

感がありました。息抜きって、生きてる実感そのものだったんですね、

ウイルスは人の身体の中に入ってきて、人の会話の中に潜りこみ、夜は心の中にくる。そんな中で光や希望になるのは、やっぱり人間なんだなあと思いました。人に会う約束ができたことや、会話する喜びに、ありがたみや感謝の気持ちが今までとはぜんぜん違ってきました。ご参加、本当にありがとうございました。

二〇二一年二月

清水ミチコ

本書は、『婦人公論』の連載「清水ミチコの三人寄れば無礼講」
（2018年10月23日号～2020年10月27日号）に、加筆し修正したものです。

［構成］ 南山武志（P7～26・67～74・85～126・171～180）、
篠藤ゆり（P27～36・47～66・127～136・147～158・181～190）、
大内弓子（P37～46・75～84）、平林理恵（P137～146）、
『婦人公論』編集部（P159～170・P191～266）

［撮影］ 清水朝子（P7～27・57・159）、木村直軌（P37・85・109～147・171）、
大河内禎（P47・75・181～255）、宮崎貢司（P67）、藤原江理奈（P97）

［スタッフクレジット＆衣装協力］

P7 伊集院さん HM：松山麻由美 ST：西尾奈々子

P19 飯尾さん ST：繁田美千穂 衣装協力：ジャケット、シャツ、パンツ／すべてヴェスヴィオ

P67 杉本さん HM：重久聖子 ST：杏吏 衣装協力：ワンピース（vert青山）、
ブレスレット（1AR by UNOAERRE〔ウノアエレ〕）、ピアス（ウノアエレ）、
シューズ（rev k shop） 武井さん HM：奥野 誠（cheeks）

P85 小林さん HM：北 一騎（Permanent）ST：藤谷のりこ

P97 尾崎さん HM：谷本 慧

P109 アンガールズ HM：上田晶子（PITCH-PIPES）

P119 三四郎 HM：塩山千明 ST：新地真弥

P127 レキシさん 衣装：柳 友絵

P137 菊池さん HM：古屋明子 ST：中村日和 衣装：ブラウス・スカート（ともにSCAPA）、
ピアス（アビステ） 南さん HM：国府田 圭

P147 中園さん HM：三上宏幸（エムドルフィン）

P171 大久保さん HM：春山輝江 ST：野田奈菜子

P223 川谷さん HM：宮本由梨（Lila） 小藪さん ST：内野陽文

P235 阿木さん HM：大島知佳（reve）

P245 榎木さん HM：武田隼人（PUENTE）

P255 宮藤さん ST：ChiyO（CORAZON）

HM＝ヘアメイク ST＝スタイリング

清水ミチコ

岐阜県高山市出身。1983年よりラジオ番組の構成作家として活動したのち、86年、渋谷ジァン・ジァンにて初ライブ。87年、フジテレビ系『笑っていいとも！』レギュラーとして全国区デビューを果たす。また、同年12月発売『幸せの骨頂』でCDデビュー。以後、独特のモノマネと上質な音楽パロディで注目され、テレビ、ラジオ、映画、エッセイ、CD制作など、幅広い分野で活躍中。毎年の武道館単独公演も恒例となっている。

・ホームページ：4325.net（https://4325.net）
・Twitter：@michikoshimizu
・YouTube：清水ミチコのシミチコチャンネル

三人三昧《さんにんざんまい》

——無礼講《ぶれいこう》で気《き》ままなおしゃべり

2021年4月10日　初版発行

著　者　清水《しみず》ミチコ

発行者　松田陽三

発行所　中央公論新社

〒100-8152　東京都千代田区大手町1-7-1
電話　販売 03-5299-1730　編集 03-5299-1740
URL http://www.chuko.co.jp/

DTP　ハンズ・ミケ
印　刷　大日本印刷
製　本　小泉製本

Published by CHUOKORON-SHINSHA, INC.
Printed in Japan　ISBN978-4-12-005424-2 C0095